Brigitte Heidebrecht (Hrsg.)

Venus & Co.

Für Gisela

Brigitte Heidebrecht (Hrsg.)

Venus & Co

Frauen lieben Frauen

verlag kleine schritte

Brigitte Heidebrecht (Hrsg.)
Venus & Co
Frauen lieben Frauen
Trier: Verlag Kleine Schritte, 1991
ISBN 3-923261-32-2

Umschlag: Brigitte Heidebrecht

Auflage: 3. 2. 1.

Vorwort

Frauen lieben Frauen — unter diesem Stichwort zog ich los, um Texte zu sammeln. Rund 150 Frauen stellten mir Geschichten und Gedichte zur Verfügung.

Eine frauenliebende Frau, was ist das? Eine, die mit einer anderen Frau ins Bett geht? Eine, die mit einer anderen Frau zusammenlebt? Eine, die, was immer sie tut, am liebsten mit Frauen tut? Eine, die Männer mag und dennoch auch eine Liebe mit einer Frau lebt? Oder leben möchte? Eine, die allein lebt und deren wichtigste Bezugspersonen Frauen sind?

Frauen lieben Frauen. Das taten sie schon immer. Frauen schätzen Frauen, Frauen unterstützen Frauen. Frauen setzen sich mit Frauen auseinander und meist auch wieder zusammen. Und Frauen genießen ihre Sinnlichkeit mit Frauen. Nach vorsichtigen Schätzungen sind mindestens 5 % der weiblichen Bevölkerung lesbisch, das sind in unserem Land rund 2 Millionen Frauen.

Lesbischsein, wie immer man/frau/mensch es definieren mag, ist in jedem Fall mehr als eine besondere Form des sexuellen Geschmacks: Es ist eine Art zu leben. Und wer immer sich selbst mit dem Etikett »lesbisch« belegen mag und wer nicht — immer und überall gibt es sehr viel mehr lesbische Wirklichkeit zu entdecken, als wir alle annehmen.

Die Texte in diesem Buch lassen lesbische Realität sichtbar werden, sie erzählen von frauenbezogenem Leben: von Fantasie und Realität, von Lust und Leid, von Freundinnen, Rivalinnen, Lebensgefährtinnen. Sie schlagen zarte und rauhe Töne an, berichten, umspielen, klagen und feiern, gewähren Anteil und zeigen Konturen.

Frauen lieben Frauen, das heißt zum Beispiel: Frauen suchen Frauen. Und wissen manchmal nicht recht, wie sie sie finden sollen. Oder: Frau sieht Frau und traut sich nicht näher heran. Oder: Frau merkt, daß sie ihre Freundin mehr vermißt als ihren Freund.

Oder: Frau lebt mit Frau, und plötzlich ist da noch eine dritte Frau. Oder: Frau stellt sich vor, wie es wäre, wenn. Oder: Frau weiß gar nicht recht, wie ihr geschieht. Oder: Frau kommt, sieht und siegt.

Wenn Frauen Frauen lieben, so hat das natürlich auch seine Tücken: vergebliche Sehnsüchte, Eifersucht, Trennungen — Liebe ist eben keine einfache Sache. Und wenn sie doch einmal einfach ist, so sorgt gewiß die heterosexuelle Umwelt dafür, daß es nicht *zu* einfach wird.

So selbstverständlich Frauen ihr Leben mit Frauen leben, so selbstverständlich sorgen die meisten von ihnen dafür, daß man/frau ihnen nach außen hin nichts davon anmerkt. Lesbische Liebe ist auch in unseren aufgeklärten Zeiten noch immer stark tabuisiert.

Der Diffamierung dieses schönsten Teils unseres Lebens können wir nur entgegentreten, indem wir als Lesben offensiv und offensichtlich werden. Indem wir unsere innere Selbstverständlichkeit nach außen tragen. Indem wir für unsere Umwelt und nicht zuletzt auch füreinander deutlicher sichtbar werden.

Die literarische Darstellung von Frauenliebe ist *ein* Schritt auf diesem Weg. Sie kann uns den Rücken stärken während der anderen Schritte, die noch zu gehen sind.

Brigitte Heidebrecht

Sylvia Keyserling

Eine Rabin bin ich
mit Rabinnen flieg ich
von Rabinnen lern ich

Ein Feuer hüten
Wasser aufspüren
in der Kälte nicht frieren

Durch die Verborgene Tür gehn
mich nicht umdrehn
mit dem Herz sehn

Aus Trauer und Zorn
eine kraftvolle
Stimme mir schmieden

Susanne Englmayer

Die Märchenprinzessin

Eines Tages wird es geschehen. Du wirst sie treffen. In Zülpich vielleicht. Oder in einem anderen dieser Frauenferienhäuser. Bei dem Kurs »Chakren — unsere Energiezentren — Heilen mit Edelsteinen«. Im Februar. Oder »Kreatives Schreiben«. Im April. Sie wird dann auch da sein. Einfach so. Im gleichen Kurs. Eine Schönheit. Schwarze Haare. Dunkle Augen. Braungebrannt, auch im Winter. Skifahrerin. Sie kommt nicht aus deiner Stadt. Ihr könnt euch also nicht kennen. Nichts voneinander wissen. Aber sie kommt auch nicht von zu weit weg. Ihr könnt euch also kennenlernen. Du brauchst nichts zu tun. Sie tut. Irgendwie ist sie immer in deiner Nähe. Den ganzen Tag. Sie guckt. Und lacht. Sie scheint nur dich zu sehen. Der Kurs interessiert sie nicht mehr. Und dich auch nicht. Abends beim Kochen dann immer wieder — wie zufällig — ihre Hand auf deiner Schulter, ihr Arm um deine Hüften. Ganz kurz nur. Aber immer wieder. Es ist alles klar. Es tut sich was. Es wundert dich kaum noch, daß sie gleich in der ersten Nacht in dein Bett gekrochen kommt. Deine »Schrecksekunde« gerät ziemlich kurz, dann hast du mit einer schnellen Bewegung begriffen, daß sie nichts anhat. Und sie hat dich gleichzeitig mit einer schnellen Bewegung dessen entledigt, was du anhattest. Das knappe Höschen läßt sie dir. Fürs erste jedenfalls. Einen kurzen Moment denkst du daran, daß ihr so gut wie noch nie ein Wort miteinander gewechselt habt. Da flüstert sie dir schon deinen Namen ins Ohr. Ohne daß du antworten könntest, denn erstens will dir ihrer ausgerechnet jetzt nicht einfallen und zweitens fordert ihre Zungenspitze in deinem Ohr deine absolut ungeteilte Aufmerksamkeit. Zu sagen gibt es schließlich auch nicht viel. Einen Augenblick denkst du an die anderen, die im selben Raum schlafen diese Nacht. Oder auch nicht schlafen diese Nacht. Denn Küsse sind Küsse und Hände, Finger, Fingerspitzen überall. Du achtest auf nichts anderes. Du achtest auf niemand anders mehr. Eure Stimmen atmen miteinander. Du liegst da. Es geschieht. Du genießt. Alles ist richtig. Ihr weicher Körper. Der Druck ihrer Hände. Ihre Lippen auf deinen Brüsten. Der sanfte Biß. Auch als sie dir die Hand zwischen die Beine schiebt, erschreckt sie dich nicht. Sie läßt dir noch für einen Augenblick das Höschen, fühlt hindurch, sagt »du bist ja ganz naß«, als würde sie sich darüber wundern, bevor sie es nach unten zieht, und du hilfst ihr dabei. Du mußt nichts erklären. Sie weiß. Alles ist richtig. Sie spielt. Sie ist zart und ausdauernd. Sie schiebt ihren Finger immer nur ein Stückchen in die empfindliche, feuchte Öffnung. Du mußt nichts erklären. Sie weiß. Alles ist richtig. Der richtige Druck. Im richtigen Moment. Alles im richtigen Rhythmus. Die Welt ist weit und dreht sich in einem weichen, ausdauernden Orgasmus.

Doch der Februar ist weit. Und der April erst recht. Die, in die du dich verliebt hast hier, ist keine dunkle Schönheit, die von allein darauf kommt, dich zu verführen. Daß du lesbisch bist, hast du ihr grad beigebracht. Ihr schien bekannt zu sein, was das ist. Aber weiter weißt du jetzt auch nicht. Du kannst schließlich nicht einfach in ihr Bett kriechen. Ihr seid nicht in Zülpich. Und überhaupt. Du bist auch keine unwiderstehliche, braungebrannte Skifahrerin. Wenn sie sich bloß nicht von ihrem Freund getrennt hätte. Ausgerechnet jetzt. Keinen Schritt geht's weiter. Nur dieses Gefühl, wenn ihr mal nah beieinander steht und ihr euch berührt. Du ihre Brust spüren kannst. Am Arm vielleicht. Ganz kurz. Ganz zufällig. Dieses spitze Gefühl, das dann durch dich durch.

Angela Mußler

Ruhe

Als sie aus dem Hochhaus trat, stürzten die ersten Tropfen aus dem hellen Himmel. Der Wind riß ihr die Jacke auf und fuhr ihr unters Kleid. Ein schützender Griff zur Tasche, die sie sich vor den Körper hob, sie schüttelte ihr Haar, warf einen Blick in den Himmel und ging nun schnell zwischen den wenigen Bäumen des City-Nord-Viertels auf die Bushaltestelle in der Sydneystraße zu, die noch gute zehn Minuten entfernt lag. Sie kreuzte den Überseering, hier einige hastende Leute, die sich vor dem dunkler werdenden Wetter in Sicherheit zu bringen suchten, grüßte kurz, der Kollege K., lief weiter, die Schritte beschleunigt. Der Regen drang nun mächtig aus allen Windrichtungen auf sie ein. Erst war die Nässe nur auf den Händen, die die Tasche hielten, dann am Hals, der ohne Halstuch war; als sie schließlich die Haltestelle erreichte, spürte sie bereits, wie das Wasser ihr den Scheitel entlanglief, um, sich kleine Rinnen durch ihr Make-up grabend, über Stirn und Nase zum Mund zu laufen, wo die Tropfen auf der Oberlippe stehen blieben. Sie leckte nach den Tropfen — Salzgeschmack; dann ließ sie sie weiterrinnen.

Fast empfand sie eine Befriedigung im Naßwerden. So nah wie dieses fremde Wasser, überlegte sie, mochte schon wochenlang niemand mehr an sie herangekommen sein. Ein kurzer Gruß der Kollegen, Dienstgespräche, bei denen man den geforderten Abstand von zwei Metern unbedingt einhielt. Allenfalls Frau Kassulke, die Gute, die sie morgens am Arm berührte, ihr gelegentlich auch beim Schreiben über die Schulter sah, so daß sie ihr Parfum für Sekunden atmete, durchbrach den unbedingt nötigen und zwanghaften Abstand; vielleicht aus einer gewissen Mütterlichkeit heraus — sie war immerhin zwanzig Jahre älter als Yara —, die sich diese nicht ohne eine gewisse Wohligkeit gerne gefallen ließ.

Nun kam der Bus; Linie 179, direkt nach den Außenvierteln hinaus. Sie stieg ein, tropfnaß, ließ das anzügliche Lächeln des Busfahrers (bezog es sich auf ihre am Leibe klebende Jacke?) unerwidert und setzte sich, mit dem Ärmel einen Winkel des beschlagenen Fensters freiwischend, auf einen der hinteren Plätze. Der Bus fuhr ruckartig an. Endlose Stadtszenen reihten sich in grauen Regen gehüllt aneinander, durchbrochen nur von den bunten Tupfen der Regenschirme. Endlich wurde die Szenerie milder. Nach Ohlsdorf gab sich ruckartig der Blick auf das Wasser der Alster frei, das von Nebel überzogen im Regen dalag. Schließlich mündete die große Straße in kleinere, der Bus bog in die Wohnbezirke der Alten Landstraße ein; rechts vornehmere Häuser, mit schön angelegten Gärten, schließlich links einfachere, fast dörfliche Straßen. Hier hielt der Bus. Aus seinem nun schon dampfigen Inneren trat als letzte Yara in den Nieselregen hinaus. Vogtskampsweg; noch gut zehn Minuten Fußweg bis zu dem Haus, in dem ihre Wohnung war. Sie wohnte noch nicht lange hier draußen. Nach dem Tod ihres Vaters hatte sie die gemeinsame Wohnung im Zentrum verlassen, obwohl diese ihr in vielerlei Hinsicht deutliche Vorteile geboten hatte. Sie bevorzugte ohnehin schon lange ein zurückgezogenes ruhiges Leben; die Wohnung hier draußen entsprach durchaus ihrem Bedürfnis nach Ruhe und Abgeschiedenheit — mit überraschendem Besuch war nicht zu rechnen.

Allerdings mußte sie damit eigentlich schon lange nicht mehr rechnen. Die Bekannten der Schul- und Ausbildungszeit hatten sich größtenteils schnell verlaufen. Einige unermüdliche Verehrer hatten sich bis auf einen — Herr Seidlitz, Yara beharrte hartnäckig auf dem ›Sie‹ — ebenfalls von ihrer spröden Natur abschrecken lassen.

Bei diesem Gedanken war sie an der Haustür angekommen, inzwischen pitschnaß, und wunderte sich nicht, daß just das Telefon klingelte, als sie an Seidlitz dachte. Sie beschloß, es klingeln zu lassen. Drehte die Heizung hoch und warf vor dem Spiegel im Flur das zweireihige hellgraue Baumwollkleid ab. Schnell noch die nassen Perlonstrümpfe abstreifen. Ihr Blick fiel auf ihr schwarzes Haar und auf den naß glänzenden Körper im Spiegel. Dünn fand sie sich und — typisch für den Hamburger Sommer — zu blaß. Sie ging ins Bad, duschte, rieb sich mit dem groben Handtuch ab. Endlich Abend. Endlich nicht mehr spüren, daß alle anderen nicht so allein sind wie sie.

Doch so will ich es ja, dachte sie, während sie im Zimmer — dem kleineren Zimmer, das ihr als Schlafzimmer diente — eine Platte mit Klaviermusik auflegte. Dieses verfluchte Telefon! — nein, egal wie oft Seidlitz heute anrufen würde, sie ginge nicht dran. Heute nicht.

Der Tag im Büro mußte doch anstrengender als sonst gewesen sein. Jedenfalls hatte sie heute abend keine Geduld, dem Wirtschaftsbeamten Seidlitz mit dem smarten Äußeren und dem guten Umgangston zu erklären, warum sie Knäckebrot mit Milch zu Hause einem Schweinerückensteak mit ihm in einem Pöseldorfer Restaurant vorzog, nein, das mußte sie heute nicht haben. Eigentlich mußte sie es gar nicht haben. Wenn sie ehrlich war, war ihr dieses ganze Getue ohnehin zuwider ... Die Milch war kalt und schmeckte ein bißchen nach Kühlschrank, das Brot hielt sie in der Hand, während sie auf dem Boden hockte und, in eine Decke gehüllt, ihre widerspenstigen Gefühle zu glätten versuchte. Nein, sie mußte es sich zum hundertsten Mal gestehen, diesen Seidlitz hielt sie sich der Form halber, der Kollegen wegen, als Vorzeigemann. Vorzeigen konnte man ihn, soviel stimmte. Und das war in der Branche, in der sie arbeitete, verdammt wichtig.

Zum dritten Mal das Telefon. Woher wußte der Kerl nur so genau, wann sie abends nach Hause kam. Das konnte eine ja rasend machen. Scheiße, sie wollte ihre Ruhe.

Ruhe, — das Wort, mit dem Yara seit zwei Jahren operiert, und nicht genau weiß, was sie eigentlich damit meint. Sie ist keine Philosophin, produziert keine besonderen Gedanken. Sie will einfach nichts mehr hören und sehen. Und sie haßt es, wenn jemand sie fragt, warum nicht. Als müßte es dafür einen Grund geben.

Natürlich gibt es Gründe, dachte sie müde. Gründe — Abgründe, solche, an die sie nicht gern erinnert wird. Zum Beispiel den einen, daß ihre Mutter und sie den durch seine lange Krankheit tyrannisch gewordenen Vater fast acht Jahre ertragen hatten. Als ehemals eingefleischter Gewerkschaftler hatte er die Pensionierung im Grunde nicht verkraftet, auch wenn er sich die ersten paar Jahre um andere politische Aktivität bemüht hatte. Yara, ein spätes Kind ihrer Eltern, hatte in eine bessere Welt hineingeboren werden sollen, allein sie selbst hatte sich für solchen Idealismus nie besonders interessiert. Ihr war gleich, ob »die Welt« gut oder schlecht war. Sie wollte nichts davon wissen; auch weil sie gesehen hatte, daß ihr Vater mit seinem Gekämpfe zwischen guten und schlechten Welten letztendlich nichts erreicht hatte. Nur seine politische Rührigkeit eben hatte das Klima von Yaras Kindheit geprägt. Ihr jedenfalls reichte es, wenn ihre Welt einigermaßen gut, das heißt befriedigend aussah. Mehr erwartete sie nicht. Und sie hatte es geschafft. Sie hatte sich auch der Lebenslust der Mutter entzogen, ihrem Verlangen nach ständiger Abwechslung, das, nachdem es solange durch die Pflege des Vaters gebändigt worden war — er war zuletzt gelähmt gewesen —, nach dessen Tod erst recht hervorbrach. Yara war nicht mehr dafür zuständig, zwischen zwei unvereinbaren Temperamenten zu vermitteln, von denen nicht eines wenigstens dem ihren entsprochen hätte. So oft war sie zwischen allem hin- und hergerissen, zudem noch von der Ausbildung zur Fremdsprachenkorrespondentin gefordert, auch völlig überfordert gewesen; zu oft hatte sie sich ausgesogen und verbraucht gefühlt schon zu Beginn ihrer zwanziger Jahre, als daß sie jetzt, zu Beginn der dreißiger, noch bereit gewesen wäre, sich von irgend etwas zu sehr vereinnahmen zu lassen.

Jetzt klingelte das Telefon doch zum vierten Mal und ausgerechnet in diese Gedanken hinein. Jetzt reichte es Yara, jetzt würde sie dem Kerl mal gründlich die Meinung sagen. Sie hob den Hörer ab. »Nein«, sagte sie tonlos. Dann aggressiver: »Glauben Sie eigentlich, ich bin taub?«

Am anderen Ende entstand eine kleine Pause. »Yara, bist du es?« Eine vorsichtige Frauenstimme, deren Klang ihr irgendwoher bekannt vorkam. »Störe ich dich sehr? Ich bin es, Marlèn.«

Marlèn, Marlèn — woher kenne ich den Namen? Da fiel es ihr ein. »Entschuldige bitte, ich dachte es wäre ein Bekannter. Ja, wie kommst du denn nach Hamburg?« Sie hatte die etwa gleichaltrige Halbfranzösin auf einer Sprachfortbildungsreise nach Algerien im vergangenen Herbst kennengelernt und erinnerte sich vage an lebhafte Augen unter blonden verwilderten Haaren. Marlèn mußte ihre Adresse von der Teilnehmerliste haben.

»Ja, ich bin zufällig hier, und da dachte ich, ich könnte dich anrufen. Hast du Zeit?«

Wieder ein Überfall, dachte Yara. Ob sie Lust hatte, fragte sie nie jemand. Zeit haben hieß heute offenbar, sie übrig haben, sie über haben, sie los sein wollen. »Du meinst, ob ich Lust habe«, stellte Yara fest.

Am Schweigen der anderen ahnte sie, daß sie sie verletzt hatte, doch jetzt konnte sie es nicht mehr zurücknehmen. »Das muß ich mir überlegen. Wie lange bist du hier? Ich rufe dich zurück«, sagte sie schnell.

Auflegen, Atem holen. Unruhig sprang Yara auf. Zog für den Rest des Abends endgültig den Telefonstecker aus der Dose.

Der Tag im Büro war wie immer. Heute war es zum ersten Mal in diesem Sommer heiß, so daß sich in dem verglasten Großraumbüro die Luft staute. Yara war wieder einmal dankbar, keinen Anzug tragen zu müssen, und dankbar für ihre luftdurchlässigen schwarzen Sandalen.

Es klapperten nur noch wenige Schreibmaschinen, es ging gegen halb fünf. Mit einem Seufzer erhob sie sich von dem übervollen Schreibtisch, beschloß, die unfertigen Übersetzungen für den Kongreß in der nächsten Woche noch liegen zu lassen und sich nach Hause zu begeben. Sie nickte nach rechts und nach links, verschloß ihren Schrank und verließ das Haus.

Den ganzen Tag hatte sie bruchstückhaft nachgedacht. Über ihre Einigelungstaktik. Und warum sie es nicht ertrug, wenn jemand ihre Freiheit nicht respektierte. Oder überspannte sie ihre Freiheitsvorstellungen? Zur Bushaltestelle schlendernd immer wieder die Frage: Freiheit — oder was will sie vom Leben? Das Gelb der Telefonzelle vor ihren Augen zog sie hinein, sie kramte nach Marlèns Nummer, würde sie jetzt anrufen.

Marlèn war nicht zu Hause. Eine nörgelnde Frauenstimme richtete ihr das aus. Also fährt Yara nach Hause, duscht, legt sich hin. Schläft ein.

An einem Massivholztisch sitzen sie, die Mutter und Seidlitz. Die Mutter redet auf sie ein, will sie zum Kauf irgendeiner neuen Kleiderkollektion bewegen. Yara will ihre Ruhe. Sie interessiert sich nur peripher für Mode. Wieso kapiert die Mutter das nie. Nun springt auch Seidlitz ein, preist das neue Kleid an für einen gemeinsamen Ausflug in ein Fischrestaurant. Yara haßt Fisch; sie hat seit ihrer letzten Fischvergiftung als Kind keinen mehr angerührt. Seidlitz und die Mutter reden unisono; eine seltsame Fremdsprache, der Yara noch nie begegnet ist und die sie nicht übersetzen kann. Sie schreit, wirft ihren Stuhl um und rennt nach draußen. Beginnt in ihrer Kommode zu kramen, Puppenkleider und Tagebücher fliegen heraus auf den Boden, immer hektischer kramt sie. Da ist plötzlich Marlèns Stimme neben ihr. »Ich glaube, du brauchst mal wen, auf den du richtig draufschlagen kannst« sagt sie, und sie trägt nur eine Jeans. Ihre Brüste wippen ein wenig zu ihren Worten. Wieso? will Yara sagen, wieso!

Wieso, dachte Yara und rieb sich die Augen, weiß ich wie Marlèns Brüste aussehen? Ach ja, sie hatte sie ja gesehen, damals.

Daß sie sich daran noch erinnerte. Yara ging hinaus und brachte das Telefon mit herein. Wählte noch einmal die Nummer in Altona.

»Ja?« Marlèns helle Stimme klang fordernd an Yaras Ohr.

»Ja, hallo. Ich bin's, Yara. Es tut mir leid wegen gestern, daß ich so abweisend war«, sagte sie schnell, ehe Marlèn etwas sagen konnte.

»Macht doch nix«, entgegnete diese, offenbar an etwas kauend, das nach Apfel klang. »Also, wie sieht's aus?«

Keine Achtung für meinen Selbstsieg, dachte Yara ein bißchen frustriert, um den Gedanken sogleich als absurd zu verwerfen. »Ja«, sagte sie, »wieso nicht. Ich habe allerdings noch nichts gegessen.« Sie verabredeten sich in einer Altonaer Pizzeria.

Yara trug ihr schwarzes enges Kleid, die Sandalen ohne Perlonstrümpfe und eine kurze schwarzweiß gemusterte Jacke darüber. Sie war zuerst da, sie liebte Pünktlichkeit. Halb acht. Marlèn öffnete die Tür, sie trug ein grünes Hemd zu bunten weiten Hosen und Turnschuhe. Ihre Haare, blond und borstig, waren kürzer als im vergangenen Jahr. Sie sah einfach umwerfend aus.

»Da bist du ja.« Marlèn setzte sich zu Yara, sah sie strahlend an. »Du siehst umwerfend aus«, fügte sie hinzu.

Yara fühlte sich in ihren eigenen Gedanken zitiert und rutschte etwas unsicher herum. Ein persönliches Gespräch führen, oweia, das war nicht eine ihrer größten Stärken, vor allem, wenn man sich eineinhalb Jahre nicht gesehen hat. »Wir haben uns ja ewig nicht gesehen«, sagte sie.

Sie redeten und aßen. Yara sah die blonde, helläugige Frau zum ersten Mal genau an. Ihre gerade Nase dominierte das ganze geradegeschnittene Gesicht, was diesem einen Ausdruck von Mut verlieh. Die grünen direkten Augen unterstrichen dies. Ab und zu wagte Yara einen Blick auf die ganze Gestalt, soviel sie davon am Tisch erkennen konnte. Marlèn gefiel ihr.

Nachdem der Kellner kassiert hat, will Yara nach Hause gehen.

So viel hatte man sich doch nicht zu sagen gehabt, das Gespräch hatte mehrmals gestockt, eine Art Beklemmung war zwischen ihnen, die sie sich nicht erklären konnte, für deren Lösung sie sich aber auch nicht zuständig fühlte. Sie hatte einen langen Arbeitstag hinter sich.

»Und jetzt? Wohin gehst du abends hier gewöhnlich? Ich kenne mich hier ja nicht aus.«

Yara erschrak. Was sollte sie da denn antworten, sie, die fast nie irgendwohin ausging, die nicht einmal wußte, ob sie konnte oder wollte …

»Ach ja, du lebst ja zurückgezogen, sagtest du«, redete Marlèn weiter, die Yaras Zusammenzucken bemerkt hatte. Sie stand da und sah sie an. Die scheue, dunkle Frau gefiel ihr seltsamerweise. Deren Augen schauten zu Boden, als hätte sie sie etwas sehr Unangenehmes gefragt.

»Was ist, magst du nicht? Du kannst es ruhig sagen«, ermunterte Marlèn sie.

Yara sieht auf. Plötzlich steht die Marlèn ihres Traumes vor ihr, ermuntert sie zuzuschlagen — oder was hat sie eben gesagt?

Yara dachte und sagte: Gehen wir doch noch spazieren.

Der Abend an der Elbe war lau; ein weicher Himmel deckte den Hafen ab, auf dem orangene Lichter schwammen. Dutzende von Paaren schlenderten den Weg am Museumshafen vorbei Richtung Övelgönne. Marlèn und Yara waren weit gelaufen. Yara kam spät nach Hause, seltsam zufrieden.

Am nächsten Abend trafen sie sich schon spätnachmittags an der Alster. »Wie eine Hamburgtouristin komme ich mir schon vor!« lachte Yara, und dabei war doch Marlèn die Touristin. Sie aßen Eis an einer Bude, liefen über die Wiesen. Marlèn schlug vor, die Schuhe auszuziehen. Sie setzten sich an einen Fährstieg und ließen die Füße ins moosige Wasser hängen. Einige Boote kreuzten noch auf der Alster. Yara hatte selbst nicht begriffen, daß sie sich heute Abend wieder trafen. Ihr ganzer Zeitplan konnte warten ... Sie hatte auf Marlèns Bitte nach einem Wiedersehen sofort mit Ja geantwortet. Die schöne blonde Frau neben ihr trug heute eine Jeans, die nur bis zu den Waden reichte. Dazu ein seidenes Männerhemd, weiß. Yara hatte für ihre Garderobe — ein kurzes rotes Kleid mit enger Taille, dazu um den Hals zehn verschiedene Ketten — den halben Nachmittag gebraucht; nicht gerade ihre Angewohnheit. Hatte sich im Büro früher freigeben lassen. Jetzt saß sie hier — und?

Marlèn sprach heute wenig. Sie war still, fast als ginge ihr die Alsterromantik auf die Nerven. »Geht es dir hier auf die Nerven?« fragte Yara.

Marlèn sah auf. »Ja. Ich muß zurück in die Stadt.«

Sie liefen über Lombardsbrücke, Kollonaden und Dammtorbahnhof zum Fernsehturm. Ein ganz schöner Fußmarsch für Yara, die das Zufußgehen nicht besonders gewohnt war. Marlèn schien tatendurstig zu sein; ihr machte die Strecke nichts aus. »Bis Altona ist es noch gut eine halbe Stunde«, schlug sie vor. Yara beschloß, ihre Blase am linken Fuß zu ignorieren und die andere das Stück noch zu begleiten.

Die Wohnungstür fällt ins Schloß. Aus der halben ist fast eine ganze Stunde geworden. Marlèn wirft die Sandalen von den Füßen und reißt sich das Hemd auf. »Verzeih, es ist schrecklich heiß.«

Yara hat sich auf den Teppich fallen lassen. Der Abend geht noch einige Stunden hin. Marlèn hockt nacktbrüstig vor Yara auf dem Boden und erzählt aus ihrem Leben. Viel bekommt Yara davon nicht mit. Sie verliert sich in einem Gefühl, dem alles egal ist.

Ihr Kopf war ein einziger Schmerz. Als sie aufwachte, fühlte Yara nur ein einziges Bedürfnis, nämlich heute niemanden sehen zu müssen, kein Licht und keine Geräusche ertragen zu müssen.

Sie drehte sich ein wenig im Bett, bettete den Kopf anders ins Kissen und versuchte, die Reste ihres Traumes an die Oberfläche zu ziehen; immerzu glitten sie ihr weg. Marlèn — von ihr hatte sie geträumt. Kein Wunder, nachdem sie zwei Abende mit ihr verbracht hatte. Oder gab es noch andere Gründe? Ein Traumfetzen tauchte auf, eine Urwaldlandschaft in den Farben von Marlèns bunter Hose, Wasserkanäle und Flußarme mit Lianen. Sie, Yara, war doch ... in diesem Fluß geschwommen. Sie fühlte noch einmal die seltsame Wärme des Wassers in der Erinnerung. Doch wie ging es weiter, oder wie war sie dahin gekommen? Yaras Kopf schmerzte erneut, als sie sich etwas aufrichtete.

Da war sie, die Erinnerung. Marlèn hatte auf den Holzdielen eines Anlegers gestanden. Hatte nichts angehabt und Yara angesehen. »Du mußt ins Wasser steigen, um mich zu finden.« Ihr Satz hatte ein langes Echo. Yara zog ihr Kleid aus und sprang in den Kanal. Wie es weitergegangen war, fiel ihr nicht mehr ein. Gott, es war ja auch schon elend spät und sie mußte los; sie schwang sich aus dem Bett, um erneut ihren Kopf laut klopfen zu spüren — und eine Minute später hatte sie den Telefonhörer in der Hand und die Arbeit für heute abgesagt. Migräne.

Yara hockt auf dem Boden ihres zweiten Zimmers, nackt und in eine weiche Decke gehüllt. Seit Stunden bewegt sie sich nicht vom Fleck.

Sie sieht dem langsamen Dämmern ihrer Gedanken zu. Ihr Wesen zieht sich zusammen, um die Schmerzstelle, den Migränepunkt, den Alptraum ... den schönen Alptraum, der ihr etwas enthüllt hat, was sie sich gerne verschwiegen hätte. Yara bemerkt, wie ihr Gesicht brennt, wie ihre Hand sich fester um die warme Brust legt. Sie sollte in den Fluß springen, wird nicht weiter von einem festen Damm aus einem Leben zusehen können, das sie begehrt. Doch was überhaupt kann sie begehren außer diesem: in Ruhe gelassen zu werden? Und sie bohrt sich weiter in ihr Denken hinein, in das Darunter.

Ruhe, das ist das Gegenteil zu allem, was ihr bisher angeboten worden ist. Ruhe, das ist Nicht-Büro, Nicht-Mutter, Nicht-Seidlitz. Wieso überhaupt hat sie den Lackaffen nicht längst abgesägt? Was kaschiert sie mit ihm? Yara kann nicht umhin, zuzugeben, daß sie vor der Definition ihrer eigenen Wünsche, ihres eigenen Begehrens bisher zurückgeschreckt ist. Ihr Begehren, das ist das Unfaßbare, das Unlogische, Unlineare, das vorsichtigst ans Licht tritt nach vielen Stunden des Alleinseins. Denn — ist es so? — es hat doch keinen Platz in der Welt. Genauso vorsichtig zieht Yara es nun hervor, ihr Fernes, Geheimes, ihre eigene Seinsweise, die sie gut, sehr gut kennt. Ihre Gedanken packen das emotional längst Bekannte plötzlich am Schopf und ziehen es ans Licht hervor; da steht es, nackt und klar: Yara liebt, wenn, so keine Männer. Yara begehrt ihr eigenes Geschlecht.

Sie zittert, zieht die Decke enger um sich. Und jetzt kommt alles andere über sie, ihre angenehme, bequeme Lebenslüge, ihr Haß auf's Büro, die Perlonstrümpfe, das Make-up, der Ekel vor Seidlitz und der Mutter, die sie ständig in neue Kleidergeschäfte und Frauenwelten ziehen will. Sie bebt vor Haß und Ekel. Springt auf, rennt durch die Wohnung und fängt an, laut vor sich hinzufluchen. Jetzt spricht ihr Ich, jetzt spricht es sich frei.

Mitten in der Wut muß Yara innehalten. Worauf ist sie denn wütend, wenn nicht auf sich selbst? Wer hat denn die Welt bestimmt, in der es für sie keinen Platz gibt? Kann sie sich diesen denn nicht einfach nehmen?

Ihre Gedanken werden zu dem Traum zurückgetrieben. Du mußt in den Fluß springen, um ... um was? Hat Marlèn nicht gesagt: um mich zu finden? In ihrem ganzen Nachdenken hat Yara bis zu diesem Punkt das Leben und Marlèn einfach gleichgesetzt ... Wer sagt, daß sie Marlèn zu finden hat?! Das ist alles zu schwierig, zu verwirrend.

Und doch: nackt ist sie gewesen, ihr schöner, kräftiger Körper hat so vor ihr gestanden. Yaras Atem stockt, und sie stellt fest, daß sie nach der Frau, die sie doch erst und nur zwei Abende neben sich gespürt hat, verlangt.

Das Gefühl macht sie erschauern. Und ehe sie sich versieht, ist sie in eine Phantasiewelt abgedriftet, in der nichts mehr zählt als ihre beiden verschiedenen Farben, eine bunte, belebte Dschungelwelt. Ihre Augen, die sich fassen, ihre Körper, die ineinandergleiten, altvertraut und brennend neu. Schemenhaft gleiten diese Bilder vorbei, stoßen dann an, stoßen sich an jenem Punkt, der sie mit einem Brennen erfüllt, das sie nicht zu stillen weiß: Wie soll sie weiterleben?! Sie muß auftauchen aus der Dschungelwelt, in die karge Realität, die sie sich selbst gezimmert hat und von der sie noch nicht weiß, ob und wie sie sich in eine »Dschungelwelt« verwandeln kann.

Es ist schon Spätnachmittag. Yara überlegt, ob sie Marlèn anrufen und ihr sagen soll, in welche Träume sie mit ihr geschwommen ist ... Sie verwirft die Idee. Wenn das geschehen soll, wird es irgendwann von selbst geschehen. Und wer weiß, ob Marlèn ...

Irgendwann klingelt es an der Tür. Yara überlegt keine Minute, wer das sein könnte. Sie überlegt auch keine Minute, ob sie öffnen oder sich vorher anziehen soll. Sie geht ruhig in den Flur und öffnet die Haustür. Da steht Marlèn, ihr blonder Haarschopf mit dem braunen Gesicht ragt aus einem Strauß Anemonen hervor.

Ohne etwas zu sagen tritt sie in die Tür und zieht sie hinter sich zu. Die Blumen und Yaras Decke fallen zu Boden.

Daniela Witt

Habanera

Fräulein Stehler, wie sie vorgestellt wurde, kam am Anfang irgendeines Sommermonats *ins Team*, frisch und ungelebt und sehr hübsch und sehr jung; *eigentlich* zu lebendig für eine Buchhändlerin, scherzte die Erste Sortimenterin *Frau* Bergedorf, die die Bestellungen überwacht und die Deko und die Azubis in *unserer* Buchhandlung. Das gibt sich, versprach *die Neue* mit einer Prise freundlichem Spott auf dem Lächeln, das gibt sich. *Fräulein* Stehler nahm sofort gefangen. Sie übersprang das Ärgern, wenn sie als Dienstjüngste vielfältig *Ausbildungsfremdes* zu erledigen hatte, wenn unser aller Besitzer sie mit *Kindchen* anredete, wenn irgendeine Unfreundlichkeit sie erwischte, und *rächte* sich, auf der Stelle, beiläufig. Sie war mit bester Laune *unverschämt* und sich ihrer *unschuldigen* Wirkung so sicher, daß die koketten Bosheiten ihr Gegenüber schnell *entwaffneten*; was sollte man tun, man war ja nicht verletzt worden von ihrer höflichen Notwehr. Sie war überaus *charmant* beim *Kettenrasseln*, sie drohte ja mit unbenutzten Waffen. Sie hatte noch *niemandem* wehgetan, was sie sagte, kam sofort, aber immer bedacht und ohne Härte, noch zielte sie an ihren *Schwächen* vorbei. Ich schwor mir *tausendmal*, daß ich es nicht erleben sollte, wenn sie erstmals wirklich jemanden *verwundete*, aber ich mochte es um nichts verpassen.

Ich sollte sie *unterweisen*, sollte ihr die Regale erklären und das Bestellbuch, später natürlich, wie man mit Kunden umgeht. *Ausbildung* gehört zur *Erziehung*, pflegte Frau Bergedorf zu sagen, wenn sie Aufgaben und *Verantwortungen* weitergeben wollte, und Erziehung ist eine *Gruppenarbeit*. Dieser kühnen Logik folgend, ernannte sie mich zu Biggi Stehlers *Betriebspatin*, um mir für die unvermeidlichen Fehler der Anfängerin *Schuld* in die Schuhe schieben zu können. Dieses Mal ergab es Sinn, dieses Mal wollte ich die Schuld übernehmen und *Sorge* tragen, solange ich konnte, daß nichts an meinem *Schützling* hängenbleibt. Es würde irgendeinen Augenblick geben, wenn das beliebte *kecke* Mädchen in sich geht, diese umlächelte *Jungfrau* packt und verbrennt und herausträgt um endlich *schuldig* zu sein, und ich hatte gewisse Ambitionen, diesen Moment ungemildert mitzuerleben und ihn als *Vertraute* zu einem Feiertag zu machen. Erkenntnis ist ein *Rausch*, das ist die wahre Philosophie.

Natürlich hatte sie einen Freund, der mit ihr *schlief*, das war zu merken, und ebenso, daß sie noch nicht zur *Frau* geworden war. Irgendeiner hatte sie *enthäutet*, sicher, aber ich sah ihr an, daß sie nur glaubte, ein *Geheimnis* zu kennen, und daß auch ihr Körper noch zu *überzeugen* war. Ich wollte das gerne tun, ich hatte Zeit dazu, alles spielte mir in die Hände. Da wir *gemeinsam* arbeiteten, verbrachten wir ja Stunden und Tage miteinander, wurden uns *zwanglos* vertrauter, wie das im *Betrieb* immer günstiger abläuft als in Ruhe. Es gab das, was uns nach *außen* zusammenhielt (wir waren Kolleginnen), und niemand erwartete, verlangte eine *persönliche* Beziehung von uns, also entwickelte sie sich. *Anfangs* sprachen wir, natürlich, über Bücher, die, die wir verkauften, die, die wir *lasen*; dann erzählten wir *voneinander*, sie erinnerte mich an mich, und ich las in ihren Augen, die *natürlich* wunderschön, groß und rund waren, wie das kaum anders zu erhoffen war, vor allem aber *offen*, weit für mich geöffnet, und die Herausforderung und die Zärtlichkeit begannen, mir *Appetit* zu machen.

Nicht, daß ihr *Körper* dazu nicht gereicht hätte. Sie hatte die etwas *wulstige* Unterlippe, mit der sie immer ein wenig beleidigt aussah, und weil ihre *staunenden* Augen den Eindruck in diesem Blick zerstörten, war ich und jeder, der sie anschaute (was sich *keiner* entgehen ließ), erst einmal irritiert. Ich will sagen, *jedesmal* erst einmal. Ob ich morgens in die Reiseabteilung kam oder mich *nur* an der Kasse zum Schreibtisch umdrehte, wann immer mir dieser *gläubige* Trotzkopf mit den dunklen Fransen in die Sicht geriet, ich war *durcheinander*. Gerade dann, wenn sie irgendwelche Taschenbuchformulare ausfüllte und mich in der *Nähe* wahrnahm, konnte sie hochsehen und mir ein *Lächeln* zuteilen, das an ihrer Nase und dem Pony vorbei meine *Magengrube* grüßte; dem hatte ich nichts *entgegenzusetzen*.

Sie war nicht *besonders* groß und nicht besonders klein, nicht besonders dick oder dünn, sie war einfach *besonders*. Sie hatte zweifellos eine *hübsche* Figur, sicher keine Zehn auf der Webber-Traumfrau-Skala, eben *hübsch*. Aber zwei Dinge gab es, um die ich sie blaß beneidete, und das waren ihre *einzigartigen* Beine. Jedes perfekt, jedes ein Spiegelbild des anderen, des Wunschbeines, zweimal *einzigartig*. Anfangs, im Sommer, trug sie häufig leichte Kleider und helle Röcke, und die *Begeisterung* blieb nicht auf mich beschränkt. Ein Teil der *männlichen Kundschaft* ließ sich einigermaßen plump nur von ihr *bedienen*, um neben ihr stehen, sie beobachten, sich am Bestellpult über sie *beugen* zu dürfen. Jedermann atmete sie gerne ein, sog ihre Jugend, ihre *Anmut* in die alte Nase, sie schien nie zu merken, daß der Bräter vom Gericht sich keinen Deut darum scherte, welchen *Schöngeist* sie ihm verkaufte, was kümmerte einen Mann in dieser *Stellung*, der Bestell-Stellung, über den Katalog gedrängt, der Geist? Er spürte *Körper*, und keinen üblen, berührte Beine, einfach *einzigartig*, und fühlte sich von ihren großen Augen angestaunt und *bewundert*, weiß der Himmel wofür, mich widerte die Szenerie an. Die ganzen Böcke, die ihre klägliche *Phantasie* an ihr rieben, drangen zum Glück nicht zu ihr durch, sie freute sich ohne Luftsprünge über das Lob, daß die Kunden immer *gerne* zu ihr kämen, aber sie hatte zu Recht keine *Lust* auf die pickligen Burggymnasiasten oder die sterbenden Altbürokraten, die mehr oder minder *regelmäßig* in der Buchhandlung erschienen, *Männer* wollte sie darin gar nicht sehen. Aber sie war noch auf Männer *geeicht*, doch, das wußte ich, ich bin sehr empfindsam, höre gut zu und beobachte genau. Sie *hatte* einen, das stand fest, sie *wußte* es ja nicht besser, aber das war auch schon alles, was ich mit Sicherheit entscheiden konnte, wer und was und wie er *war*, wie lange und *wie gut* sie sich kannten, das erfuhr ich alles erst von ihr.

Immerhin trug sie keinen Ring, also waren sie wohl nicht *verlobt* oder *schlimmeres*, sie mußte bald zwanzig sein, da weiß man das nicht so genau. Ihre Hände waren *vollkommen* ohne (diesen) Ring, sie hatte lange, feste Finger, die sie *beherrschte*, Schreibmaschinen-, Klavierfinger, kein an den Armen hängender Klumpen, sie konnte tasten, *anfassen*, zufassen, und wenn wir uns die Hand *gaben* — was ich so oft wie möglich herbeiführte —, dann war das keine lasche, *halbherzige* Bewegung, sie drückte Mengen *Zuneigung* aus, die die immer wieder erstaunten Augen bestätigten. Ich hatte ja bei ihrer *Vorstellung* schon ein diffuses Gefühl von *Sturm* gehabt, aber jetzt konnte ich ganz sicher sein, ich hatte mich in dieses Mädchen *verliebt*, und ich war zweifellos eine lausige Missionarin, ich hatte *Wünsche*.

Ich ertappte mich *wütend*, wie ich still auf der Treppe stand und sie beobachtete, *planlos*, ziellos, einfach verärgert, weil sie wieder ein dankbares Lächeln *verschleuderte* für irgendein gestümpertes Lobwort, irgend etwas, das an ihrem *tatsächlichen Verdienst* vorbeischoß, was konnte sie Bücher besorgen oder Geschenke empfehlen, *sie* gehörte nicht hierher, sie sollte in einem *Kellerlokal* sein oder in einem für länger gemieteten Hofblickzimmer im Dritte-Klasse-Hotel. Sie war *Bebop*, kunstvoller *Aufruhr*, das Stenogramm der veränderten Schönheit. Wir verkauften diese Postkarten mit *Schwarzweißfotos* von Bahnsteigszenen, Cafédebatten, von *intensivem Gefühlsleben*, mit Liebespärchen oder Jazzmusikern, das pralle *Leben*; da gehörte sie hin, wäre sie flach und Din A 6 gewesen, wir hätten sie zweimal die Woche *nachbestellt*. So war sie aber *einmalig*, und ich war nicht die einzige, die das spürte, ich haßte mich dafür, aber ich war *eifersüchtig*.

Ich begann, auch die Kunden zu *hassen*, die Sympathischen wie die Unangenehmen rasch und mit beamtischer Höflichkeit *abzufertigen*, weil sie *Eindringlinge* wurden. Mit jedem weiteren Buch, das als Mußt-du-*unbedingt*-mal-lesen-Werk zwischen uns beiden kursierte, mit jedem Prechtl-Band, den eine von uns *heimlich* auf die hausinterne Bestelliste mogeln mußte, weil unsere nur durch *Geschmack* und keinerlei Ausbildung geprägten Vorschläge für die Kunstabteilung nie *besonders* ernstgenommen wurden, war die Buchhandlung mehr zu unserer *persönlichen* Handbibliothek geworden, und mein einstmals recht *erotisches Verhältnis* zu Büchern, das im Handel schnell *abgekühlt* war, erreichte neue Höhen, wenn die Ware im Zwiegespräch wieder zum Ausdruck *eigener* Vorlieben gebraucht wurde. Biggi blieb *Außenstehenden* gegenüber gleichbleibend *freundlich*, drängelte nicht und beschied auch vorsichtig vorgetragene Sonderwünsche nur dann abschlägig, wenn sie *deutlich* über das *erträgliche* Maß an Service hinausgingen oder, immerhin, wenn ich mit irgendeiner wohlplazierten Bosheit einen ihrer Lieblinge *so* schwer angeschossen hatte, daß sie einfach darauf *brannte*, sich mit scheinbar *naiven* Bemerkungen über Doris Lessing oder Virginia Woolf zu rächen, die ich *liebte*, die mir aber auch Angst machen konnten.

Obwohl die Buchhandlung um *einiges* zu groß war für die mittlere Kleinstadt, in der sie stand, hielt sie ihre Türen *unnötigerweise* auch in der Mittagszeit *offen*, die wohl nur, wer dort arbeitete, im Zentrum verbrachte; wer es sich *leisten* konnte wie unsere Frau Bergedorf, löffelte derweil *zu Hause* seine Heiße Tasse oder schlief. Ich *überzeugte* Biggi, auch ihre Pause auf die Zeit zwischen zwölf und ein Uhr zu legen, so daß wir die folgenden zwei Stunden Totenstille für *uns* hatten, *bisweilen* von Schülern auf dem Heimweg unterbrochen, die eine Lektüre zu bestellen hatten, *natürlich* jeder für einen und einer für sich. *Dann* hatten wir immer schon einige namenlose Bestellzettel *Andersch*: Sansibar, *Lenz*: Deutschstunde, oder natürlich *RUB 67* vorbereitet, um die Störenfriede möglichst *schnell* wieder auf die Straße zu bekommen. In diesen Stunden waren wir zwischen den *Büchern* zu Hause, lasen einander besonders *schöne* oder dilettantische Stellen aus solchen vor, die wir liebten oder *verabscheuten*, und erledigten gerade *so viel* herumliegende Arbeit, daß wir bei Frau Bergedorf nicht in Verdacht gerieten zu faulenzen. Biggi bekam also die *denkbar beste* Ausbildung, sie verlor nicht ihre Bücherliebe, was *niemandem* von uns im ersten Jahr *erspart* geblieben ist.

Ich brachte Moravia, Miller oder gar Bukowski ins *Spiel*, und wir debattierten über die Provokation und die *Scham* und über die mögliche *Spießigkeit* der gewollt vulgären Autoren. Ich hatte Biggi im Verdacht, eine Ästhetizistin zu sein, aber sie versuchte ihr naivstes *Bedauern* mit den Worten, sie habe kein *Prinzip* dabei, sie liebe nur das Schöne. Sie mußte spüren, daß ich sie begehrte, aber sie *konnte* es ja nicht *wahrnehmen*, von ihrem eigenen Geschlecht hatte ihr noch keine Lust gedroht oder Zärtlichkeit, die *keine* Begleiterscheinung war.

Immer, wenn sie in Gefahr geriet, die *Erotik* in unserer Nähe zu begreifen, *rettete* sie sich mit der Begründung, die ihr romantische Stimmungen *erlaubte*. Dann erzählte sie von Patrick, einer Schulbeziehung, die den *ersten* Wechsel vorläufig überlebt hatte. Ich brauchte kein Interesse vorzutäuschen, ich mußte *alles* über ihn wissen, um in Biggi über ihn *hinauszuwachsen*, also zeigte ich mich gleichermaßen interessiert an den häufigeren Schwärmereien und den *vorsichtigen* Abfälligkeiten, die sie *gelegentlich* vorbrachte.

Was ich mir daraus zusammenreimen konnte, ergab *kein* ungewöhnliches Bild. Biggis Patrick hatte den unter *Beinahe*-Verweigerern durchaus üblichen Weg *gewählt*, den Wehrdienst möglichst rasch hinter sich zu bringen, und war *direkt* von der Schulbank zur Uniformausgabe geschritten; das ersparte ihm längere *Wartezeiten* in seinem Lebenslauf, störte aber das Verhältnis zu seiner Freundin *empfindlich*, die unverbindlich formulierte, mit dem Ende ihres Abi-Balles habe die *Liebe* erst einmal *auf Eis* gelegen. Biggi hatte sich einen gemeinsamen Urlaub vor dem Dienstantritt gewünscht oder doch *wenigstens* letzte flirrende

Sommerferien, um gemeinsam Abschied von ihrer Schulzeit zu nehmen, aber das machte sie schon zu einem *Störfaktor* in seinem Zeitplan, und so nahm man *Abschied*, als es hätte beginnen können.

Tatsächlich sahen sie sich erst mehr oder minder *regelmäßig* an Wochenenden, später auch diverse Male an den *Abenden*, wenn sie ihr jeweiliges Tagewerk *vollbracht* hatten, doch wenn Biggi die Betriebskorrespondenz zur Hauptpost *mitgenommen* hatte, kam sie in der Regel zu einer *Zeit* zu Patrick, zu der ihn schon der Gedanke an seinen *Nachtschlaf* beseelte, so daß kaum noch vernünftige Worte zwischen ihnen fielen und ihre vor nicht langer Zeit als *Offenbarung* begonnene Liebe sich zu einer nachhaltigen *Belastung* entwickelte, die in mürrischen Bemerkungen *treffender* zusammengefaßt wurde denn in zärtlichen *Geständnissen*. Biggi stöhnte bei dem Gedanken, daß innerhalb eines knappen Jahres kaum Besserung zu erwarten war, und *verfluchte* die *männliche Bequemlichkeit*, die die meisten ihrer Schulfreunde dazu gebracht hatte, ihre *prinzipielle* Ablehnung des Militärs zum bevorzugten *Gesprächsthema* bei Ausgang zu machen, anstatt sie bis zur *Verweigerung* durchzukämpfen. Trotz dieser harten Gedulds- und Charakterprobe, die gewöhnlich das *Ende* für die Romantik der *Teenagerliebe* bedeutet, kramte Biggi immer wieder wärmende Höhepunkte ihrer *Beziehung* hervor und hielt sich erstaunlich lange mit Erinnerungen und kaum verständlicher *Nachsicht* über Wasser. Ihre unverhältnismäßige *Treue* erduldete spitze Bemerkungen en masse und sogar zwei *herbe* Hinauswürfe; was ihrer Hingabe schließlich den lange verzögerten Todesstoß versetzte, war seine eher *beiläufig* fallengelassene Feststellung, er bräuchte eine *richtige* Frau und keine Krankenschwester, wenn er einmal Zeit für sich hätte; ihr *fürsorglicher* Gleichmut kotze ihn schon lange an. *Da erst* nahm sie wahr, daß sie in keiner *Übergangszeit* lebten.

Den folgenden Morgen brachte sie sehr *still* und ohne ihre gewohnt *ansteckende* Munterkeit mit Unmengen bestellter Bücher zu, die, just eingetroffen, Kundennamen oder unserem Lager *zugeordnet* werden mußten. Da wir uns auf dem *besten Wege* ins Weihnachtsgeschäft befanden, hatte ich während des *beratungs*reichen Vormittags keine Gelegenheit, Biggi bei ihrer stumpfsinnigen Tätigkeit zu *stören*, die nur durch unsere unzuverlässige Auslieferung einen *gewissen* Reiz erfuhr: geht die Gegenüberstellung von Bestellung und Lieferung *heute* auf, und falls es, wie gewohnt, nicht an dem sein sollte: fehlt ein Buch, das eine VIP haben will? Als ich mich um zehn nach zwölf *endlich* von einer besonders *hartnäckigen* Kundin lösen konnte, die auf einer Titelquittung für, wie mir schien, drei Dutzend Sachbücher zur Mikropaläontologie *bestand* (ich schrieb das Wort *jedesmal wieder* Buchstabe für Buchstabe vom Umschlag ab), war sie *bereits* in die Mittagspause verschwunden, und ich mußte mich wohl oder *übel* gedulden, bis Frau Bergedorf uns mit der üblichen Verspätung die Buchhandlung *überließ*.

Zwischen den in den *toten Stunden* schon dünner strömenden Weihnachtseinkäufern bekam ich dann den aktuellen *Stand der Dinge* nachgereicht, und eine Glocke läutete, jetzt sei es *Zeit* für mich, Biggi war verletzt, wirklich *verletzt*. Sie betonte immer wieder, sie hätten sich nicht getrennt, und vermutlich habe Patrick gar nicht *mitbekommen*, welchen tiefen *Knacks* es für sie gegeben habe, aber sie würde ihn nicht mehr *vorbehaltlos* lieben können, wenn er von ihr erwarte, daß sie sich *normal* benähme, anstatt ihrem Gefühl zu folgen. Sie reagiere bei ihm *anders* als bei ihren Alltagsbekanntschaften, weil er für sie etwas anderes sei, und wenn er sie als *richtige Frau* wolle, dann folge sie Klischeewerten, das könne er haben, für sie sei es *bestimmt* leichter.

Ich ließ sie *stürmen*, ich sorgte dafür, daß sie herausbrachte, was sich drinnen staute; mein Daumen strich mehrmals die *ärgerlichen* Fransen aus ihrer Stirn, bis die Hand an ihrem Hals liegenblieb. Ich *stützte* sie, lehnte sie an, ich gab ihr von *ihrer Ruhe* zurück, als sie sich schütteln wollte und doch keine Kraft mehr *verschwenden* an immer wieder die, die es am wenigsten verdienen. Sie war *zornig*, verwundet, nahe an Tränen; Gott, sie war wunderschön, wenn das Leben die Selbstmörder *satt* hat und sie *anzuschreien* versucht, dann muß es so aussehen, genau so. Es fiel mir schwer zu *widerstehen*, aber ich rührte mich nicht, ich provozierte keinen weiteren *Kontakt* als diese Hand an diesem Hals. Sie atmete einige Male *tief* durch und bekam sich wieder in den Griff, als der nächste Kunde uns belästigte, lächelte sie *tapfer* und warf sich in die Schlacht. Ich hoffte nur, daß sie mich wirklich *brauchte*.

Ich war mir nicht sicher, ob ich einer besonderen *Klugheit* folgte, die mir den strategisch *günstigsten* Zeitpunkt empfahl, oder mich von einer *Passion* verführen ließ, als ich meine Einladung aussprechen wollte — *müßig*, Biggi kam mir zuvor. Sie hatte dem Störer einen Sprachführer Amerikanisch *verkauft*, ich das Geld dafür kassiert, und als sich die Tür wieder schloß, *bat* sie mich, heute abend zu ihr zu kommen, was ich mit ernsthaftem Gesicht und innerem Triumph *gerne* annahm. In der Mittagszeit bekamen wir dann keine Ruhe mehr, *solche* Schatten warf das *Fest* nun schon voraus, und unter der bergedörflichen Aufsicht am Nachmittag waren ohnehin kaum längere Wortwechsel *möglich* als rasche Flüche und *notdürftige* Verwünschungen, so daß wir erst beim nachdienstlichen Briefebekleben an das Gespräch *anknüpfen* konnten. Ich hatte *originellerweise* Weihnachtsbücher vor der Glastür drapiert und war anschließend in den Packraum geeilt, um der *Auszubildenden* beim Anlecken der Marken zu *helfen*, was unsere Chefin, wie ich herauszuhören glaubte, für eine überflüssige *Verhätschelung* hielt, aber ohne ihre obligatorischen Sticheleien *duldete*, da weder Biggis noch meine derart erworbenen Überstunden jemals *notiert* worden waren. Man war kulant, wenn es nichts *kostete*, und runde 30 Minuten unbezahlte Arbeit am Abend waren haufenweise *gute* Gründe für Kulanz.

Ich war noch in der Überlegung, wie ich Biggi am *günstigsten* an ihre spontan klingende Einladung erinnerte, ohne sie in *Zugzwang* zu bringen, falls sie sich eines *anderen* besonnen haben sollte — sie kam mir auch *diesmal* zuvor. Sie schlug mir im Plauderton vor, sie gleich nach Hause zu *begleiten*, anstatt später hinterherzufahren; wir könnten etwas zusammen kochen und gemütlich, wie sage man, *dinieren*, falls ich nichts anderes *vorhätte* ...? Ich hatte nicht und begann auf der Stelle, mit ihr über Vollwertkost und vegetarisches Essen zu *streiten*, bis wir übereinstimmend feststellten, daß wir beide *Fleisch* liebten und uns jede betont gesunde Ernährung *suspekt* sei. Biggi lief in Gedanken durch ihren *Kühlschrank*, addierte ihre Mittagspauseneinkäufe und schlug ein gepflegtes Cordon Bleu vor, sie habe heute *zufällig* ein halbes Kalb gekauft, und das *könnten* wir mit Kochschinken und Käse füttern, einen ersten Beaujolais habe sie ebenfalls kühlstehen, was *begehrte* das Herz mehr? Das ist weniger eine Sache des *Herzens*, dachte ich und steuerte die *entsprechende* Musik zu ihrem Küchenfranzösisch bei, ich hatte einen der wenigen Klassiker im Wagen, die ich *ertrug*, und das war ein *vortrefflicher* Franzmann, Bizet mit Namen.

Ich fuhr sie nach Hause und achtete *weitblickend* darauf, nicht auf der Straßenseite zu parken, die um halb acht morgens *geräumt* sein mußte, man weiß ja nie. Biggi wohnte in einem mickrigen *Apartment* in einem dünnwandigen Eierkarton, nun, immerhin: sie wohnte *allein*. Der knappe Wohnraum reichte *kaum* für ihre Buchregale aus, sie las viel und schnell und *unvorsichtig*, deshalb lieh sie sich nie Bücher; wenn sie ihre eigenen knickte oder befleckte, könne sich auch nur sie darüber *ärgern*, meinte sie. Tatsächlich *las* sie, wo sie ging und stand, und zwar *offensichtlich* ein halbes Dutzend Werke aus verschiedensten Gattungen *gleichzeitig*. Auf den Platten lag, umgebogen, Mein Leben in New Orleans, neben dem Fernseher, ein *Eselsohr* als Lesezeichen, Die schmutzigen Hände, und ich *wußte*, daß in ihrer Handtasche Per Anhalter durch die Galaxis steckte. Vom *Eßtisch* räumte sie eilig ein paar *zerblätterte* Mickymäuse; viel später fand ich dann noch Brechtgedichte unter ihrem Kopfkissen, natürlich war *es* aufgeschlagen, und ich hätte schwören können, daß sie es bis gestern *buchstäblich* morgens und abends gelesen *hatte*. Ich fragte sie, als sie im Kühlschrank kramte und ich noch einigermaßen *verloren* auf dem literaturfreien Stuhl saß, ob sie nicht mit den Personen *durcheinander*käme, wenn ich so viel mischen würde, suchte ich *hundert* Seiten lang vergeblich nach Zaphod Beeblebrox am Mississippi; sie lachte, damit käme sie *eher* klar als mit Sartre beim Essen oder SF-Satire zum *Einschlafen*. Sie las nach ihren *Stimmungen* und richtete sich bei der Auswahl ihrer Lektüre nach dem Ort und danach, was sie gerade *tun* wollte oder getan hatte, sie haßte es, ein *gutes* Buch weiterzulesen, wenn ihr nach einem anderen war, nur weil sie das erste *angebissen* hatte.

Sie bat mich, noch immer den Kopf im Kühlschrank, doch *Musik* zu machen, und ich warf die *Bizet*-Cassette ein. Nach den ersten Tönen klappte sie die Tür zu, spähte zur Anlage, *schwor*, das könne nicht ihr gehören, was immer es sei, und *fischte* einen hilflosen Stapel Klassikplatten aus dem untersten Fach, das sei an sich *genug* für ihren Bedarf, und die eine Aufnahme, die ihre *elitäre* Sammlung komplettieren würde, könnte ich gleich hierlassen. Ich schenkte ihr *großherzig* das Band mit dem Versprechen, das Schönste käme noch, und sie wirbelte *lauschend* durch die Wohnung und wirkte irritierenderweise mit ihrem *Küchenschürzchen* genauso einleuchtend wie in dem angenehm *sündhaften* Kleid, das sie zum Essen *anzog*. Ich stand die meiste Zeit dabei wie ein Schulmädchen und bewunderte ihre Gewandtheit bei derart *unnützen* Dingen wie Kochen oder Tischdecken, vor allem aber ihr *Gespür* für Situationen. Sie zauberte mit raschen Handgriffen eine verführerische *Atmosphäre*, ohne daß ich einen Augenblick lang auf die widersinnige Idee kam, sie *inszeniere* etwas für mich, alles lief *klischeegerecht* zusammen, und es gab doch keinen Zweifel daran, daß wir all dieses gerade erfanden und *glaubten*, wie man den meistmißbrauchten *Satz* der Menschengeschichte für einen *einmaligen* Einfall halten muß, wenn man in Augen wie ihre blickt und über die Lippen stolpern läßt, ich liebe *Dich*.

Sie hielt meine Hand, als ich es ihr sagte, und einen *Augenblick* lang fürchtete ich, sie würde doch noch erschrecken und sich *zurückziehen*, aber sie ließ ihre *Zunge* über die Oberlippe wandern, sah mich an und wiederholte sehr ruhig, in der Sprache des Abends, *je t'aime*. Ich ließ ihre Hand nicht mehr los, ich ergriff die andere, ich zog die ganze *Sie* an mich und *berührte* sie, endlich, ich sah ihre Augen immer größer und immer *staunender* werden, je näher ich kam, und dann wurde sie *ungeduldig* und züngelte nach mir, sie hielt Ausschau, ihr Blick fragte, wo denn mein Gesicht bliebe, mein Körper wäre doch *so nah*, und als ich schließlich ankam, reiste ihre Zunge über *meine* Oberlippe und wühlte sich atemlos in meinen Mund, und während wir stürzten, *kam* das Schönste, wir überhörten das *Intermezzo* und den Rest der Carmen-Suiten, *liebend*.

Irgendwann, viel *später*, als ich schon wieder Dinge um mich herum wahrnahm, die angetrockneten Teller auf dem Tisch und den *abgelaufenen* Cassettenrekorder, aber noch lange nicht *genug* hatte von ihren Beinen und ihren *Brüsten*, den vorsichtigeren Händen wie den ungestümen Lippen, *viel* später also vergrub ich mich wieder in ihre Mitte, da erfuhr ich durch ein denkbar unwillkommenes Geräusch eines der *letzten* Dinge, die ich noch nicht über sie wußte: sie gehörte zu der *impulsiveren* Hälfte von uns, die ihren Liebhabern Schlüssel gibt. *Patrick* stellte sich vor als der Mann, der plötzlich ins Zimmer tritt und *seine* Freundin mit einer anderen Frau im *Bett* findet — bildlich gesprochen, denn zu der Zeit *waren* wir nicht im Bett —, und man muß sagen, er hatte große Schwierigkeiten mit seiner *Rolle*. Erst einmal sagte er gar nichts, stand nur da und war ohne jegliche Fassung, dann *wollte* er etwas sagen, brachte aber nichts heraus, sagte darauf wieder *nichts*, und als er schließlich sprach, *brüllte* er.

Was das denn sei, fragte er. Ob sie eine *verdammte Lesbe* sei, fragte er. Ob er seit zwei Jahren eine *verdammte Lesbe* vögele. Biggi entspannte sich, hielt mich zurück, als ich die für *alle* Beteiligten reichlich *peinliche* Situation auflösen wollte, und bat ihn sehr gelassen, zum Teufel zu gehen und den *Schlüssel* hierzulassen. Ich war *überrascht*, aber das ist nichts gegen das, was Patrick war. Er lief puterrot an, wurde im Vergleich zu vorher *laut* und schrie, er könne wohl eine Antwort von ihr erwarten, bei der ihr nicht meine *Titten* ins Gesicht hingen, was nicht der Fall war. Wir *ordneten* uns etwas, um einen *Moment* Ruhe zu bekommen, und setzten uns allen Ernstes hin wie vernünftige Menschen, es war hochgradig *lächerlich*.

Biggi behielt ihre *schwer* begreifliche Kaltblütigkeit und erkundigte sich, welche Frage Patrick *zuerst* beantwortet haben wolle. Er entgegnete, er habe sie immer für ein bißchen *versponnen* gehalten, aber nie gedacht, daß sie *so tief* sinken könnte, worauf Biggi für den Rest ihrer Beziehung verstummte. Stattdessen klärte *ich* den Eindringling auf, dessen angeschlagene *Männlichkeit* sich in wüsten Wortschwallen *regenerierte*, und erzählte ihm, daß Biggi und ich soeben das bedeutendste Ereignis meines Lebens geteilt hätten, wozu sie *lächelte*, was Patrick *endgültig* auf die Palme brachte. Ich fuhr fort, ohne mich besonders an ihm zu stören, daß sie auch danach noch keine *Lesbe* sei, weil das nicht ablaufe wie eine *Infektion*, aber wenn sie mir die *Gelegenheit* gäbe, wäre das auf längere Sicht nicht ausgeschlossen. Auf jeden Fall würde ich mir mehr Zeit lassen und mir mehr *Mühe* geben als — nun, sagen wir, die meisten Männer. Schließlich, und da *fasse* er sich, liebte ich seine *Ex-Freundin*, vermutlich mehr als er sich Liebe zwischen zwei Menschen *vorstellen* könnte, egal welchen Geschlechtes, wir seien *verwandt*.

Ich war über alle Maßen *stolz* auf dieses Plädoyer, aber es war natürlich *verschwendet*, Patrick begriff nichts von alledem. Er murmelte etwas von *Männern*, die wir brauchen würden, und ich beteuerte, ich hätte nichts gegen Männer, einige meiner *besten Freunde* seien welche. Er spreche von Liebe, meinte er, und von *Sex* nicht zuletzt, ich solle bloß nicht behaupten, ich *triebe* es nicht mit Männern. Ich bewunderte sein abwechslungsreiches Vokabular und verspritzte mein *letztes* Gift mit dem Satz, ich täte es tatsächlich, und sei es nur, um *nie* zu vergessen, wie wundervoll dagegen eine *Frau* sein kann, und es reichte. Er sprang auf, sagte, er wäre nicht hier, um sich *beleidigen* zu lassen, und da offenbar *niemand* im Raum wußte, warum er hier war, verließ er türenschlagend Biggis Wohnung *und* Leben.

Mir war klar, daß dieser *Absturz* sie mehr mitgenommen hatte, als sie zugeben mochte, also küßte ich sie *sehr* vorsichtig und entschuldigte mich, daß ich für ihn in *ihrem Namen* gesprochen hatte, und ich versprach ihr, daß ich sie nicht *bevormunden* wolle, übertölpeln oder ausnutzen, wenn sie mir, *bitte*, eine Chance gebe, diesen Abend *weiterzuleben*.

Sie brachte ihr *unnachahmliches* Lächeln zustande, erwiderte meinen Kuß und öffnete zum *ersten* Mal seit Ewigkeiten ihren Mund.

»Das geht schon in *Ordnung*«, sagte sie.

Brigitte Heidebrecht

Lippenblütlerin

Sternenauge. Lippenblütlerin.
Fette Motte im samtschwarzen Flor,
landing on my pillow.
Räuberinnenhöhliges
Feinsliebchen mein.
Saftiges Früchtchen —
leck mir
alle Lippen nach dir.
Komm — flüstern wir
viermündig!
Honigmäulchen.
Bienenkönigin.
Frecher Spatz.
Das ganze Tierreich
könnt ich zitieren
um deinetwillen.
Kein Kosewort zu abgelatscht für dich,
du Mops.
Die Made bin ich
in deinem Speck.

Michaela Seul

Wannimmer

Für Susa

Im Regen hat sich die Nacht erfrischt. Meine Fenster sind geputzt. Wieder einmal hat die Ordnung ihren Platz gegen Dich verteidigt. Allein mit meiner Sehnsucht, die ihren wahren Namen nur in Deiner Abwesenheit verrät, liebe ich Dich in die Schreibmaschine.
Wannimmer ich es will, sagst Du.
Ich schaue in die Richtung, in der ich Dich vermute.
Ein ewiges Licht, flackernd im Stromkreis der Stadt.
Du bist da. Wannimmer ich Dich rufe, sagst Du.

Ich suche eine nachgiebige Stelle in Deiner Umarmung und weiche zurück. Deine Hand halte ich fest. Ich verletze Dich nur soviel Du verkraften kannst. Sage, daß ich meine Nächte zum Schreiben brauche. In Deinen Augen schreit es nach dem Sommer, dem Sommer mit mir. Ich sage bald, so wie ich es immer sage. Ein Versprechen, das ich nie erfülle, und meine das Wochenende, ein paar freie Tage, nächsten Monat.

Draußen ist's Sommer.
Es könnte nicht vielversprechender sein.
Wenn nur. Wenn nur nicht. Du und ich.

Warteschlangen vor Eisdielen. Die Requisiten vom letzten Jahr haben den Winter überstanden. Überall Grün. Autoreifen pfeifen. Die Stadt feiert Hochzeit. Pflastersteine sind brotwarm. Von Bal-

konen schallt Gelächter auf trockene Staubstraßen. Nachts am See lodern Lagerfeuer. Immer denke ich an die Geschichten hinter greller Fröhlichkeit. Einmal bin ich ins Wasser gelaufen. Etwas hat mich ans Ufer gezwungen. Dir entgegen.
Da trug meine Sehnsucht noch nicht Deinen Namen. Wir, Schauspielerinnen unserer Liebe. Das Drehbuch bleibt Traumbuch. Drei Worte Dialog verbergen unsere Fantasien. Wir belauern uns wie Feindinnen. Getrocknet sind die Masken auf unseren Gesichtern und spannen unsere Lippen spröde.

Und wenn eine den Anfang dessen wagt, das auch die andere sich wünscht, erschrickt die andere, so daß die eine, die andere sich nicht traut.

Ich stehe neben mir und neben Dir. Lebe von Bildern, wie es sein könnte. Sage: bald, nächste Woche, und: stell Dir vor ..., wir könnten ...
Und dann schicke ich Dich fort. Obwohl alles in mir nach Dir schreit. Ich bin ein einziger Schrei nach Dir, Dir, Du. Kann nicht: ohne Dich. Kann nicht: mit Dir.
Aber als ich die Villenstraße entlangging, suchte ich keine Metapher, sondern einen Rosenstrauch.

Manchmal lachst Du traurig. Sagst, das Glück wird verschoben, wir sparen es auf. Ich weiß, der Gallensaft karger Zeiten brandet seit langem um meine Fesseln. Einmal rasten wir mit offenem Verdeck über surrende Nachtstadtstraßen und ich rief dem türkisschwarzen Himmel entgegen, daß ich glücklich sei.

Verzweiflung schürt Deine Glut.
Mich zum Wahnsinn geliebt und zerredet hast Du. Ich bin Deine Endlosfahrkarte auf der Achterbahn.
Aber fortgegangen bist Du nicht.
Ein Gummiband scheint Dich an mich zu binden. So kräftig ich auch stoße, immer schnellst Du zurück.

Briefe bleiben, die wir uns täglich schreiben. In denen wir uns in Schönschreibschrift bekennen.

Könnt ich doch! Einen Viertelabsatz meiner Briefe in Deine Augen lieben, Deinen Mund blasen, oder sonstwohin, gerade dorthin! Mitten im Sommer. Der für uns keiner ist.

Nein sagen wolltest Du lernen und trafst mich am Tag danach. Jetzt sagst Du, Du stürbest ohne mich, und ich erinnere Dich an einen Zahnarzttermin.

Gehen wir ins Bett, frage ich in schlafschwerem Ton. Denn sobald ich Dich sehe, werde ich müde.

Dann liege ich lange und mit offenen Augen im Dunkeln und sehne mich nach Abenteuern. Bis ich mich in Träumen von uns auflöse. Ich fürchte meinen künftigen Namen. Wenn Du Dich nicht mehr fortschieben läßt, werde ich Reue heißen.

Ich pulsiere Dir entgegen.

Bis Du mich berührst und ich Dich fortstoße. Da weiß ich, daß es ohne Dich nur schlechter sein kann.

Da weiß ich, daß es ohne Dich auch geht. Irgendwie. Oder besser. Oder schlechter. Vielleicht morgen.

Ich habe Hunger nach Dir und öffne die Kühlschranktür.

Auf der Straße bleibst Du stehen und lächelst für einen Kuß. Ich schaue an Dir vorbei. Ein Junge betrachtet die Auslage einer Buchhandlung. Mir fällt Professor Kien ein. Dein Mund zuckt, hält das Lächeln fest.

Ich frage, bringst Du Deine Wäsche heute abend.

Dein Lächeln schmiert ab.

Du versuchst ein Alltagsgesicht, erträgst den Schmerz wie Gewohntes. Ich bin das Seil um Deinen Hals.

Liebe Dich. Hoffe auf später, morgen, bald und nenne einen Termin für Deine Kochwäsche.

Wenn Du fort bist, herrschen meine Vorsätze. Ab jetzt wird alles anders, und ich glaube es immer wieder.

Ich steh am Fenster. Für Dich.
Wenn Dein buntes Auto um die Ecke biegt, verstecke ich mich.
Meine Fingernägel prägen Halbmonde in die Handinnenflächen.
Wer winkt schon mit Fäusten.
Ich wühle mein Haar zu einer Frisur. Sehe mein Herz in den Pupillen pochen. Laufe noch einmal zum Fenster.
Wo bleibst Du! Es ist Dein Auto. Schief geparkt wie immer. Jetzt in Dich stürzen. Gemächlich öffne ich die Tür. Sage hallo, als wärst Du ein Bote. Du zögerst. Ich fasse Dich an der Hand und ziehe Dich herein. Bei geöffneter Türe stehen könnte Zeitverschwendung sein. Doch statt jetzt endlich und tief in Dich zu trudeln, Dich zu halten, bis wir zueinander wüchsen, schüttle ich Deine Hand ab, die ich nur leicht, wie einen Brief, gehalten habe.
Schon wieder zittert Dein Mund. Du kämpfst um Dein Lächeln.
Meine Lippen streifen Deine Wange. Deine Hand zuckt. Hast Du Hunger, frage ich und flüchte in die Küche, den Herd anzuschalten. Du umarmst mich von hinten.
Nicht, sage ich, das Essen, und befehle: Du bist doch hungrig.
Dein Blick rührt meinen Magen um.
Beinahe hätte ich mich gebrannt. Ich fluche und Du weichst zurück, stehst da wie eine Gefesselte.
Großmütig streichle ich Deinen Arm.
Mir entgegen dehnst Du Dich und ich schiebe mich vorbei.
Löffel, Gabel, Messer.
Weiß, daß Du jetzt meine Hände liebst.
Hast mich verliebt gemacht in die sanften Kuhlen zwischen den Knöcheln.

Halte Gläser ins Licht. Verrenke mich im Abstandlügen. Dich schaue ich nicht an.
In wieviele Wolken könnten wir fallen. Satt hängt ein Himmel

voller Verlockungen über uns. Wir starren auf den Boden vor unseren Füßen und träumen von Milchstraßen. Die Nudeln, sage ich verlogen erleichtert, reiße die Packung auf und breche die biegsamen Stangen.
Wie schnell sie weich werden im Wasser. Die Gabel gleitet in die Schaumkronen. Zehn Minuten wird es dauern, und die Sauce ist schon fertig. Alles sollte bereit sein, wenn Du kommst, mein wellenwälzender Ozean.

Du zündest eine Zigarette an.
Ich denke, wie oft Du anderen Rauch ins Gesicht bläst, und weiß, wie es sein wird, wenn ich Dich einmal nicht mehr liebe. Weidwund schaust Du mich an. Manchmal fühle ich mich durchsichtig in Deiner Gegenwart.
Wie war Dein Tag, frage ich herausfordernd.
Daß Du mich nur geliebt hast, sagst Du.
Warst Du beim Schuster, frage ich.
Du springst auf und zeigst mir die Schuhe. Ich nicke gnädig, hasse mich hilflos.

Da hältst Du mir eine Rose vor's Gesicht.
Für die Meisterprüfung vom lieben Gott. Und morgens stehst Du nüchtern auf vom Frühstückstisch; satt von der Nachtnähe.

Deine Blindheit hat hundert liebende Augen. Keine Warteschlange ist Dir zu lang für eine Himbeere und am Bahnhof fragst Du nach knallenden bubble gums.
Immerwann hast Du gesagt, und lebst danach.
Ich stehe daneben. Neben Dir. Neben mir. Eine Geheimsprache haben wir nicht. Sie könnte uns helfen. Brücken über unsere Tabus.

Liebe am Morgen.
Noch bevor Du die Augen öffnest, Dir die Welt, den Tag zurecht-

legst, schlingst Du Deine Arme um mich, ziehst mich in Höhen hinab, zu Dir, zu Dir.
Noch bevor Du die Augen öffnest, lächelst Du. Dein Leib glüht. Nachtflüge. Heiß sind Deine Lippen. Nachthitze. Ich küsse Dich in die Welt, in mich hinein.
Pulsiere in einen Tag, den kein Kalender benennt.
Jahreszahlen fahren Karussell. Das Puzzle aus Vergangenheit und Gegenwart, Du streust es übers Bett.

Noch bevor ich durch Deine Hülle drang, erfand ich einen ersten Namen für Dich. Seither habe ich Dir viele gegeben, und alles ist, wie es immer ist, wenn das Eine ins Leben stürzt, es verschlingt und aufpumpt zugleich. Alle Neune fallen um. Ich sage Schatz, könnte Insel damit meinen.

Wenn ich etwas frage, und sei es nur, ob Du Zuckerwatte magst, zwischen zwei Bissen, Küssen, in Deine Konzentration hinein, antwortest Du jedesmal heiter, geduldig, fragst nie, warum ich das frage, immerwann wenn ich es sage, ich liebe Dich.

Schon schüttet der Herbst sein Parfum in die Abendluft.
Wir trafen uns im Frühling. Versprachen uns einen Sommer.
Die Hitze war längst ausgebrochen, da warteten wir noch immer. Begrüßten Sommernachtsgewitter wie Frühlingsstürme und sahen uns im Halbdunkel der zuneige tickenden Sommerzeit mit unterdrückter Wildheit und endloser Hoffnungskraft an.
Der Sommer wälzte sich zu unseren Füßen. Die Hälse gestreckt warteten wir zur Mittagszeit auf Sternschnuppen. Unsere Nächte. Ich habe sie redend zum Morgengrauen geschoben, bis Vögel mich ablösten und ich schnell schlafen mußte, bevor der Lärm die Nachtruhe zerschnitt.
In jeder Nacht mit Dir brannte die Sehnsucht nach Nächten mit Dir in mir.

Ich schwärmte von einer Mitternacht mit mir, der Stille, Bleistift und Papier. Gab meiner Sehnsucht einen Decknamen, der Dich erstickte. Wannimmer ich Dich traf, wollte ich Dich hinter mich bringen, um von Dir schreiben zu können.

Immer lagen unsere Felder brach und stoppelig. Nur manchmal wälzten wir durch spärliche Halmwälder und saugten uns lebendig.

Immerwann hast Du gesagt. Immerwann wenn Du fort bist, träume ich es.
Unser Schweigen frißt meine Kraft. Aber brichst Du es, brichst Du mich. Beinahe weine ich.
Beinahe bin ich manchmal glücklich.
Lieben werde ich Dich auch im Winter, lese ich am Ende eines Briefes. Nachts träume ich, daß es schneit.
Mitten im August.

Monika Knorr

Schneeball im Sommer

»Sie wird zu dir zurückkommen, nicht wahr?«

Inka hielt noch immer den Telefonhörer in der Hand und schien zu lauschen, obwohl die Leitung jetzt stumm war. Regungslos saß sie an ihrem Schreibtisch und starrte aus dem Fenster, ohne daß ihre Augen etwas sahen. Die Stimme vom anderen Ende der Leitung hatte sich in ihren Kopf gebohrt und wirbelte im Zeitlupentempo durch ihren Körper, versetzte jede ihrer Zellen in Aufruhr. Sie hatte Sibylles letzten Satz unbeantwortet lassen müssen, weil die andere hastig aufgelegt hatte, als sie in eine Konferenz gerufen wurde.

Im Hof miaute die Katze, da legte Inka den Hörer auf die Gabel. Langsam, als bereite es ihr unendlich viel Mühe, nahm sie Papier und einen Stift zur Hand. Sibylle hatte das Recht auf eine Antwort — selbst, wenn Inka jetzt noch nicht wußte, was sie ihr schreiben würde.

Ob Doris zurückkommen wird, hast Du mich gefragt. Aber eigentlich klang Dein letzter Satz wie eine Feststellung — als seiest Du sicher, daß sie kommen würde. Natürlich wird sie kommen. Wie jedes Jahr.

Ach Liebste, jetzt bedaure ich, daß ich Dir nie von Doris und mir erzählt habe! Du hast mich so oft gedrängt in den letzten Monaten, aber ich habe immer geglaubt, Doris zu verraten, wenn ich über sie gesprochen hätte. Vielleicht habe ich Dir auch nicht zugetraut, daß Du Doris, nein, mich und Doris, verstehen würdest. Du, in Berlin, in der lärmenden Großstadt, scheinst mir manchmal auf einem anderen Stern zu leben. Dein Beruf, der Dir so wichtig ist, daß Du sogar ein Wochenende mit mir dafür opfern kannst, Deine neckenden Bemerkungen über meine Landflucht, Deine Skepsis, mit der Du meine Arbeit hier auf dem Land bedachtest, all das war nicht gerade dazu angetan, Dir von Doris und mir zu berichten. Mißversteh mich nicht, Liebste, ich kritisiere nicht Dein berufliches Engagement, nicht Dein hektisches Leben in der Stadt. Ich liebe dich für das, was Du bist, Sibylle!

Ich habe auch Doris so geliebt. Nein, wohl nicht so uneingeschränkt. Wir waren noch soviel jünger, als alles anfing. Und doch schien mir Doris schon damals weiter — weiser —, als ich mich heute fühle. Sie war zugleich kindlich, verträumt und ernst, erwachsen, als wir beide aus Lübeck nach Hamburg kamen. Wir waren Sandkastenfreundinnen gewesen, und daß wir einander Geliebte wurden, schloß sich fast zwangsläufig an.

In Hamburg begannen wir unser Studium. Sie wählte Sprachen, ich die Juristerei. Sie studierte engagiert und behielt doch immer Distanz zum Unibetrieb, um die ich sie beneidete. Manchmal aber stritt ich mit ihr deswegen. Ich warf ihr vor, mehr an ihrem persönlichen Wachstum interessiert zu sein als an Unipolitik und Tagesgeschehen.

Sie schüttelte meine Kritik ab mit ihrem sanften Lachen. Und sie schüttelte sich tatsächlich in solchen Situationen, scherzte: »Ich zieh einen Schutzkreis um mich. Deine Überzeugungswut erreicht mich nicht.«

Wenn ich stundenlang stumm und bitter blieb, wandte sie sich mir wieder zu mit ihrem sanften Lachen: »Ich werf dir jetzt einen Schneeball zu!« Das war unser Codewort, wenn wir Streit hatten. Der Schneeball. Das hieß: »Fang ihn auf! In deiner Hand schmilzt er — oder erstarrt zu Eis.« Sie tat ihr Möglichstes, mich aufzutauen. Und wirklich, ich schmolz in ihren Armen, unter ihren Blicken, an ihrem Körper. Eiszeit hielt nie lange an zwischen uns.

Und doch existierte eine Distanz zwischen uns, die aus unserer Unterschiedlichkeit herrührte. Aber das wußte ich damals noch nicht. Vielleicht war es auch eher das mangelnde Verständnis für unsere Unterschiedlichkeit.

»Frauen gemeinsam sind stark« — Du weiß ja, Sibylle, in den Anfängen der neuen Frauenbewegung wurden unsere Gemeinsamkeiten vorausgesetzt. Unterschiede hatten damals nicht zu existieren. Aber natürlich gab es sie, auch zwischen Doris und mir. Je älter wir wurden, je mehr wir uns orientierten in der Welt jenseits unserer Liebe, desto schmerzlicher wurden sie für mich — und sicher auch für Doris.

Wenn sie tagelang ihr altes Segelboot instandsetzte, wenn sie ganze Nachmittage damit zubrachte, Pilze zu sammeln oder irgendwo im Gras unter dem Himmel zu träumen, saß ich am Schreibtisch vor meinen Büchern. »Hast du einen Besenstiel verschluckt?« neckte sie mich oft. »Paß auf, daß dein Kreuz nicht irgendwann streikt, so steif wie du am Schreibtisch hockst!«

Ja, Sibylle, heute plagen mich Rückenschmerzen! Damals wollte ich von Doris' Neckereien nichts wissen. Aber mein Herz lief förmlich über vor Glück, wenn ich es dann fertiggebracht hatte, meinen Schreibtisch zu verlassen und mit ihr draußen zu sein. Ich liebte sie gerade dann am meisten.

Wir hatten unser Studium etwa zur gleichen Zeit beendet. Wir schauten uns um nach einer gemeinsamen Wohnung, als sie ins Referendariat ging und ich mein Examen machte. Die Zeit war damals für uns. Es war ziemlich leicht für zwei Frauen, in der Großstadt eine gemeinsame Wohnung zu finden. Doris hatte viel Spaß daran, unser Zuhause einzurichten. Aber in der Schule war sie todunglücklich: »Ich bin es leid, mir von diesem Trottel, der mein Anleiter ist, sagen zu lassen, wie ich Kinder motivieren soll. Ich kann es — auf meine Art!« Mir entging, wie sehr sie damals litt. Die Schule trocknete Doris förmlich aus, sie wurde dünn und krankte. Monatelang hatte sie immer wieder Fieberanfälle, für die kein Arzt eine Erklärung fand.

»Du mußt dich im Referendariat schon etwas arrangieren«, meinte ich ihr raten zu müssen, ohne sie wirklich zu verstehen. Wenn sie still in ihrem Zimmer saß und Unterricht vorbereitete, glaubte ich, sie habe einen Weg gefunden, durchs Referendariat zu kommen, aber sie hatte es nur aufgegeben, mir ihren Kummer anzuvertrauen.

Ich dagegen liebte meinen Beruf, meine Arbeit erfüllte mich mit tiefer Befriedigung. Vor allem aber lebte ich dafür, unseren gemeinsamen Traum eines Tages verwirklichen zu können: ein Haus für Frauen auf dem Land, wo wir unsere Kenntnisse und Fähigkeiten anderen Frauen zur Verfügung stellen, Kurse und Workshops halten wollten. Dies Haus, das damals nur in unseren Köpfen existierte, war Doris' Idee gewesen. Begeistert hatten die Frauen unserer Gruppe den Traum mit uns zusammen geträumt. Es war nur eine Frage der Zeit, bis wir das Haus finden und mit gemeinsamen Ersparnissen und Krediten würden finanzieren können.

So vergingen die Jahre, angefüllt mit Arbeit und diesem Haustraum. Inzwischen hatte Doris eine Stelle an einer Sprachenschule gefunden, und ich sah erleichtert, daß es ihr wieder besser ging. Dennoch muß in dieser Zeit schon eine tiefgreifende Veränderung in ihr vorgegangen sein. Irgendwann nämlich war das Poster von ihrer Wand verschwunden, das ich ihr einmal geschenkt hatte.

Ich seh uns beide noch, wie wir in der Buchhandlung, deren Fassade lila gestrichen war, vor den Regalen mit den Frauenbüchern standen, ganz begeistert und völlig aus dem Häuschen über unsere Entdeckung. Wir kamen aus der Provinz, aus Lübeck, und fanden in Hamburg eine Buchhandlung, die sich den Namen »Hälfte des Himmels« gegeben hatte. Das war noch in den Anfängen der Frauenbewegung, und für uns war die Entdeckung dieses Ladens ein Versprechen. In dieser Stadt würden wir ein Zuhause finden! Seither hatte das Poster immer ihr Zimmer geschmückt. Es war eins der ersten Plakate von Frauen. Lila, versteht sich!

Statt dessen hing nun ein anderes Poster in ihrem Zimmer, und seine Botschaft erschlug mich fast. Edith Stein, Jüdin aus Breslau, Schülerin von Husserl, Philosophin, später Karmeliterin in Köln, in Auschwitz oder Theresienstadt ermordet, war darauf zu sehen. Ihr Bild, von ihrem Satz unterlegt: »Meine Gebete sind keine hohen Geistesflüge, sondern sehr einfach; das Beste daran ist Dankbarkeit.«

Sicher, Doris hatte mir davon erzählt, daß sie gelegentlich in die Buddhistische Gesellschaft ginge, um dort das Meditieren zu üben. Aber ich nahm das kaum zur Kenntnis, hatte ich doch genug mit meiner Arbeit zu tun. Und überhaupt: Es war damals gerade Mode geworden, sich mit Philosophie, Religion und Meditation zu beschäftigen. Es paßte zu Doris, daß sie alles mögliche ausprobierte. Sie war immer neugierig und aufgeschlossen gewesen.

Vielleicht hätte ich sie darauf ansprechen müssen. Aber ich fürchtete mich wohl vor dem, was ich an ihr wahrnahm. Unausgesprochen schien es mir weniger bedrohlich.

Auch unsere Nächte wurden kälter, und den Schneeball warf sie mir nur noch selten zu. Ich hielt das für unausweichlich — jede Liebe verliert an Glanz, wenn sie in die Jahre kommt.

Dann begann sie, ihre Bücher zu verkaufen und zu verschenken. Später auch ihre Schallplatten. Ihr Malzeug verschwand auf dem Dachboden. Sie malte nicht mehr! Das hätte eigentlich für mich ein Signal sein müssen.

Wenn ich abends aus der Kanzlei kam (es wurde oft sehr spät, damals ließen sich die Frauen massenweise scheiden, ich hatte viel zu tun), fand ich Doris oft unruhig in der Wohnung auf und ab wandernd. Kaum daß wir Abendbrot gegessen hatten, stand sie schon wieder auf und verschwand für einen Spaziergang um die Alster: »Ich brauche Luft. Ich muß raus!« Manchmal begleitete ich sie, und solche Abende brachten den alten Glanz zurück. Wenn ich meine Gedanken loseisen konnte von irgendeinem Fall, über dem ich brütete, wenn ich in ihr Gesicht schaute und ihren Blick aushielt, spürte ich die alte Verbundenheit wieder. So ein Abend war es, als wir Rosa, die streunende Katze, mit nach Hause nahmen. Doris liebte Katzen, sie hatte schon eine aus Lübeck mitgebracht, Karlchen, den Kater, dessen imponierende Größe ganz im Gegensatz zu seinem Namen stand. Er machte sich mit

Vorliebe in unserem Bett breit. Vielleicht spürte er meine mangelnde Liebe zu Katzen, denn wenn Doris auf Klassenreise war, pinkelte er mir täglich ins Bett.

Nun hatte sie auch noch Rosa aufgelesen! Ich meldete meine Bedenken gar nicht erst an, aus Angst, unser neu gefundenes Einvernehmen zu stören. Sie trug Rosa auf ihren Armen in die Wohnung und wies ihr neben Karlchen einen Platz in unserem Bett.

In dieser Nacht benutzte Doris nach langer Zeit wieder unser Wort — der Schneeball. Als ich lachte — denn es gab keinen Anlaß für einen Schneeball —, legte sie mir ihre Hand auf die Lippen: »Jedes Liebespaar hat so was, ein Lied, ein Wort, ein Bild, einen Film. Etwas, was nur zweien gehört. Wir wollen unseren Schneeball hüten, ja!« Ihre Stimme war drängend geworden. »Ja«, murmelte ich und zog sie an mich.

Später, als ich schläfrig neben ihr lag, wohlig entspannt und glücklich wie lange nicht mehr, klagte sie plötzlich: »Es ist so kalt, so kalt.« Ich schleppte Wolldecken heran, aber sie zitterte trotz der Decken. Dabei war es Sommer, Sibylle! Lachst Du jetzt? Wunderst Du Dich? Ja, wir waren ein wunderliches Paar geworden, Doris und ich.

Abends und an den Wochenenden hockte ich über juristischen Fachzeitschriften, sie legte sich Tarotkarten oder befragte das I-Ging. Morgens lief sie um die Alster. Sie beschäftigte sich mit gesunder Ernährung und bereitete uns makrobiotische Köstlichkeiten, unbeeindruckt von meinen Witzeleien über das Körnerfutter. Trotz meiner Skepsis schmeckten mir ihre Gerichte gut.

Manchmal hatte ich das Gefühl, wir beide lebten jede auf einer eigenen Insel.

Erst als Doris fast jedes Interesse an der Liebe verloren hatte, war ich wirklich beunruhigt. Sie wehrte mich nachts sanft, aber bestimmt ab, und ich fühlte mich hilflos, verloren fast, wenn sie von mir abrückte, aber ihre Hand nach mir ausstreckte. »Laß uns einander an den Händen halten«, bat sie, und ich nickte wortlos. So schliefen wir ein. Ihre Hand in meiner war wie eine Feder.

Doch morgens, wenn sie schon aus dem Haus gegangen war, fand ich kleine Zettel von ihr auf dem Frühstückstisch vor, auf denen sie mir einen Satz oder auch nur ein Wort hinterlassen hatte. Gedanken, die sie beschäftigten, Liebeserklärungen an mich, manchmal ein Frauenzeichen mit einem Herz darin. Es war, als liebte sie mich in meiner Abwesenheit verzweifelt stark, aber als ließe meine Anwesenheit sie verstummen. Oder zittern, wie in jener Nacht.

Eines Morgens fand ich ein Zitat von Simone Weil auf meinem Frühstücksteller, das sie, offenbar in Eile, noch flüchtig hingeschrieben hatte.

»Daß keine Gärten erscheinen und keine Blume; nur unermeßlich der Raum, in dem die Leere und das Licht sind ...« stand da in ihrer klaren großen Schrift — und immer noch mit lila Filzstift geschrieben.

Ich konnte den ganzen Tag keinen klaren Gedanken fassen, so sehr beschäftigte mich dieser Satz. Was wollte Doris mir damit sagen?

Abends war sie nicht da. Sie nahm an irgendeinem Meditations-Workshop teil, der schon etliche Wochen andauerte.

Ja, Du Sibylle, Du hättest sie vermutlich aus ihrem Workshop auf die Straße gezerrt und sie zur Rede gestellt! Du hättest keine Ruhe gegeben. Du hättest gefragt.

Ich aber versäumte zu fragen. Ich gab mich der Illusion hin, daß Doris vorübergehend einer neuen Mode aufgesessen war, von der sie lassen würde, wenn nur erst das Haus auf dem Land gefunden wäre. Und ich arbeitete in jener Zeit noch ein bißchen mehr, noch angestrengter, noch eifriger. Ich bekam nicht einmal mit, wie Doris daranging, sich ihrer Möbel zu entledigen. Viele ihrer liebevoll zusammengesuchten Sperrmüll-Antiquitäten wanderten wieder dahin, woher sie kamen: auf die Straße. Andere verschenkte sie. Schließlich war ihr Zimmer nur noch eine Ruine.

»Was soll das?« fragte ich sie eines Abends böse und verständnislos.

Sie sah mich an und lächelte: »Ich brauche all das überflüssige Zeug nicht mehr.« Als ich schwieg, fuhr sie freundlich fort: »Hast du noch nie darüber nachgedacht, wieviel unnützen Krempel wir angehäuft haben?«

»Krempel?« Ich war nahe daran, an meinem Unverständnis zu ersticken. »Krempel nennst du das! Du räumst unser Zuhause leer und sprichst von Krempel!«

»Nicht unser Zuhause, nur mein Zimmer«, korrigierte sie mich.

»Doris«, schrie ich fast, »wir können all das doch in unserem Haus auf dem Land gebrauchen. Denkst du denn gar nicht daran?«

Das erste Mal, seit ich sie kannte, erhob sie wirklich die Stimme: »Inka, vor lauter Arbeit und Träumen vergißt du das Leben!«

Und dann begann es, was mit dem Wort Streit milde umschrieben ist. Ich brüllte voller Verzweiflung, voller Unverständnis und voller Angst. Ich riß die wenigen Bücher, die noch in ihrem Zimmer standen, aus dem Regel, riß auch das Plakat mit der demütig blickenden Edith Stein von der Wand, zerrte die Katzen mitsamt der Bettdecke von unserem Bett. Während ich wütete, tauchte mein letzter Schriftsatz vor meinem inneren Auge auf, in dem ich das Scheidungsbegehren einer unserer Freundinnen gegenüber dem Gericht wortreich begründet hatte: »... ist die Ehe nunmehr hoffnungslos zerrüttet ...«

Nunmehr, dieses Wort tanzte vor meinem inneren Auge, während ich vergeblich versuchte, meine Tränen vor Doris zu verbergen. »Nunmehr«, hatte Doris sich oft gewundert, »nunmehr — was benutzt du bloß für komische Wörter, Inka? Ich habe Angst davor, daß wir einmal nicht mehr die gleiche Sprache sprechen.«

An jenem Abend, der nahtlos in eine wundervolle Nacht überging, begriff ich plötzlich, was Doris und mich trennte. Es war das Wörtchen »nunmehr«! Es war meine Sprache, mein Denken, die sich ganz meiner Arbeit verschrieben hatten, wo kein Platz war für Gedanken einer Edith Stein oder Simone Weil, die Doris' Herz begeisterten. In jener Nacht liebten wir uns mit dem Wissen, daß unser Schneeball zu Eis gefroren war.

An Trennung habe ich jedoch nie gedacht. Doris zu verlassen, wäre einer Amputation gleichgekommen, so als würde ich mir ein Bein abschneiden lassen müssen. Uns verband die Kindheit und Jugend, wir hatten ein halbes Leben miteinander geteilt. Ich hatte ein paar Abenteuer gehabt, nichts Ernstes. Im Gegenteil, mit jeder anderen Frau spürte ich, wie sehr ich Doris brauchte, wie sehr ich sie liebte. Wenn Doris in meinen Armen lag — und das war sehr selten geworden —, paßte einfach alles zusammen. Ihre Hand war gerade richtig groß für meine Hand. Meine Hände paßten zu ihren Brüsten und ihre Hände zu meinen. Unsere Körper waren wie für einander geschaffen. Ich liebte ihr schönes langes Haar, das im Sommer fast blond wurde, ich konnte ihr stundenlang zusehen, wenn sie in der Wohnung tätig war. Ihre Bewegungen waren vollendet harmonisch, langsam und geschmeidig, als hätte sie viel Zeit.

Aber meine Versuche, sie zu verstehen, ihre morgendlichen Zettel zu begreifen, ihr Zittern in meinen Armen zu mildern, kamen zu spät. Das ahnte ich.

»Willst du eigentlich wissen, wie es in mir aussieht, Inka?« hatte sie mich zuletzt einmal traurig gefragt. Natürlich nickte ich, aber ich bin heute nicht sicher, ob ich es wirklich wissen wollte.

»Wenn ich dir von all dem, was in mir vorgeht, erzähle, wirst du mich nicht verstehen. Ich begreife es ja selbst nicht einmal. Du würdest dich wegdrehen, Inka. So, wie du kopfschüttelnd deine Fachbücher zur Hand nimmst, wenn du siehst, was ich lese.«

Als Doris dann fortging, war ich nicht einmal überrascht. Es war ein Abend wie immer. Ich war in letzter Zeit bemüht gewesen, früher aus der Kanzlei zu kommen. Sie erwartete mich in ihrem fast leeren Zimmer.

»Ich gebe meinen Job auf«, begann sie. »Für ein Jahr habe ich mich erst mal beurlauben lassen.« Sie saß auf dem Fußboden, an die Wand gelehnt. Sie war nackt. In der Wohnung war es unerträglich heiß. Aber ich fror innerlich und begann zu zittern. So wie Doris oft gezittert hatte.

»Komm her«, bat sie, aber ich schüttelte den Kopf. »Ich gehe für ein Jahr fort, Inka.«

Sie war eine einzige Provokation, wie sie da saß. Nackt und braun. Immer war sie braun, denn sie suchte Sonne und Wind, war süchtig nach frischer Luft, süchtig danach, draußen zu sein, wann immer es möglich war. Wochenlang hatte ich sie nicht mehr nackt gesehen, und der Anblick ihres schmalen Körpers tat mir weh. Die Kehle war mir wie zugeschnürt, meine Stimme wollte mir nicht gehorchen.

»Wohin gehst du?«

»Komm doch her«, bat sie noch einmal. Wie gelähmt blieb ich auf ihrem Schreibtischstuhl sitzen und starrte gegen die nackte Wand, als gäbe es dort irgendeinen Trost.

»Nach Kalifornien. In ein Zen-Kloster. Das Visum gilt für ein Jahr.«

Ohne daß ich es wollte und ohne daß es überhaupt noch Sinn hatte, schrie ich ihr meine hilflose Trauer entgegen: »In ein Zen-Kloster! Ich hätte es ja wissen müssen, daß es dazu kommt! Du bist dieser ganzen Esoterik-Mode auf den Leim gegangen. Erzähl mir nichts von Spiritualität. Ich will davon nichts hören!«

Sie schwieg, so sicher war sie sich in ihrer Entscheidung.

»Wie kannst du alles verraten, Doris, alles, wofür wir gelebt haben. Die Frauenbewegung. Unser Haus auf dem Land. All unsere Träume!« Erschöpft schloß ich die Augen.

»Wofür du gelebt hast, Inka.« Wieder korrigierte sie mich unbeeindruckt. »Ich kann so nicht mehr leben. Ich bin schon lange müde vom Kämpfen. Das ist nicht mehr mein Weg.« Sie machte eine kleine Pause. Da sah ich erst, daß sie schluckte, sich an ihren Tränen verschluckte. »Im Sommer gehe ich fort. Mein Flug ist schon gebucht. Ich muß meinen Sinn finden«, fügte sie stockend hinzu, »meinen Lebenssinn. Ich weiß nur, daß er nicht im Kämpfen liegt.«

Als ihr Flugzeug ging, stand ich im Gerichtssaal und stritt mich mit dem Richter herum, der meinen Antrag ablehnte, einem Vater nicht das Besuchsrecht für seine Kinder einzuräumen, wie es üblich ist, sondern ihn zu Besuchen zu verpflichten. Ein absolutes Novum war dieser Antrag in der Rechtsgeschichte — ich verlor mit Pauken und Trompeten. Es war mein erster beruflicher Mißerfolg.

Doris hatte versprochen, mir zu schreiben. Ihre Briefe kamen zuerst regelmäßig, jede Woche. Langsam wurden sie seltener. Auch meine Antworten waren weniger geworden. Ich wußte ihr kaum noch etwas zu schreiben. Das Leben »draußen« war ihr unwichtig geworden. Inzwischen hatten wir das Haus hier gekauft und waren mit seinem Umbau beschäftigt. Natürlich hatte ich ein Zimmer für sie reserviert.

Du kennst ja das Zimmer, Sibylle ... Du hast mich oft gefragt, warum es als einziges im Haus verschlossen ist. Vielleicht weil ich mir selbst nicht klar war — bislang —, ob Doris je darin wohnen wird. Gehofft habe ich es nun seit vier Jahren, seit sie fort ist. Aber geglaubt habe ich es genauso lange nicht mehr. Das Edith Stein-Poster, zerknittert und angestaubt, hängt darin, und Doris' wenige Habseligkeiten fristen dort ihr Dasein.

Aber ich habe Deine Frage immer noch nicht beantwortet.

Wir beide, Sibylle, Du und ich, wir sind ein ebenso wunderliches Paar wie Doris und ich es zuletzt waren. Du in der Stadt, ich hier auf dem Land. Habe ich Dir schon erzählt, daß ich meine Kanzlei jetzt endgültig aufgeben will? Eine junge Anwältin wird sie übernehmen. Ich habe hier genug zu tun, die Fahrten nach Hamburg strengen mich an. Ich mag die Stadt nicht mehr. Hier habe ich meinen Frieden gefunden. Du wirst dieses Wort — Frieden — nicht mögen ...

Manchmal lag mir der Schneeball, Doris' und mein Codewort, auf der Zunge, wenn ich mit Dir sprach, Sibylle. Manchmal wollte ich Dir einen Schneeball zuwerfen, wenn Du so erbittert Dein Großstadtleben verteidigtest und mich damit zum Schweigen brachtest. Aber ich glaubte wohl nicht mehr an den Zauber solcher Bilder.

Das letzte Mal, als Doris hier war — ich will Dir doch die Wahrheit sagen —, es war in diesem Sommer, als Du in Norwegen Urlaub machtest. Du wolltest, daß ich mitführe. Ich gebrauchte eine Ausflucht. Ich wollte Doris sehen und herausfinden, ob ich mir noch etwas von ihr erhoffte. Sie war seltsam gelöst in diesen Sommerwochen. Eines Abends, als wir zusammen noch spät im Garten saßen, warf ich ihr einen Schneeball zu. Sie lag ausgestreckt im Gras. Sie war noch schmaler geworden, ihr schönes Haar trug sie nun kurz, Streichholzlänge. Sie wirkte fast asketisch, stark hoben sich die Wangenknochen in ihrem Gesicht hervor. Sie war nicht mehr braun. Ich dachte, sie wird zu viel sitzen in ihrem Kloster, sitzen und meditieren.

Sie lag entspannt, während ich mich über sie beugte und an ihrem Ohr flüsterte: »Ich werf dir einen Schneeball zu.«

Meine Lippen liebkosten ihre warme Haut. Ich wartete auf ein Zeichen, aber sie blieb still. »Ich werf dir einen Schneeball zu«, murmelte ich noch einmal.

Da setzte sie sich auf und sah mich mit weiten Augen an: »Was?«

In mir stürzte etwas zusammen, ein Klang wie ein Haufen zertrümmerten Porzellans fegte durch meinen Körper: Sie kannte unser Zauberwort nicht mehr!

»Verzeih!« flüsterte sie später immer wieder, während ihr Körper dicht an meinem lag und ihre Haut vor Verlangen glühte. »Verzeih! Ich habe mich nicht gleich erinnert. Natürlich weiß ich, was du meinst.«

Als es Morgen geworden war, gab es nichts mehr zu sagen. Wieder brachte ich sie, wie so oft vorher, zum Flughafen. Wie immer war sie ganz in Weiß gekleidet, und die Männer mit den schwarzen Aktenkoffern um uns herum, die auf ihre Abflüge warteten, starrten uns mit offenem Befremden an, als wir uns schluchzend in den Armen lagen. Doris suchte meine Lippen und preßte ihren Mund darauf, während sie flüsterte: »Es ist Sommer, Inka. Im Sommer gibt es keine Schneebälle, und im Winter werde ich nicht kommen.«

Lange blieb ich am Flughafen stehen, um der Maschine, die sie fortbrachte, nachzuwinken, obwohl von dort aus, wo ich stand, die Flugzeuge alle gleich aussahen. Kein Gerichtstermin wartete auf mich, kein Terminkalender hetzte mich mehr.

Inka kaute gedankenverloren an ihrem Stift und starrte auf das weiße Papier, bis die Schrift vor ihren Augen verschwamm. Das langanhaltende fordernde Läuten des Telefons ließ sie zusammenzucken. Sie nahm den Hörer auf.

»Ich muß unbedingt noch mal mit dir sprechen«, hörte sie Sibylles Stimme, die eingebettet war in das monotone Klappern einer Schreibmaschine im Hintergrund. »Ich habe während der Konferenz dauernd darüber nachdenken müssen, ob es wirklich wichtig ist, daß Doris jedes Jahr kommt. Ich glaube, wir sollten nicht mehr darüber reden. Ich kann damit leben.« Sie stockte.

»Hörst du mir überhaupt zu, Inka?«

»Ja, ja. Natürlich!«

Nur die Schreibmaschinengeräusche waren jetzt noch am anderen Ende der Leitung zu hören.

»Sibylle ... Sibylle! Aber ich weiß nicht, ob ich damit leben kann, daß du nicht mehr darüber reden willst.

»Wenn du sprechen möchtest, Inka ...«

»Ja! Ich will dir eine Geschichte erzählen. Du sollst nur zuhören. Später kannst du Fragen stellen. Ich will dir von diesem Schneeball erzählen, von dem Schneeball im Sommer.«

»Inka«, kam Sibylles Stimme vom anderen Ende der Leitung ungewohnt sanft, »geht es dir gut? Ist alles in Ordnung? Was meinst du damit — was für einen Schneeball meinst du?«

Inka lachte hell auf, erleichtert. »Ich werde dir nicht nur von diesem Schneeball erzählen. Ich will dir von Schneemännern, ach was, von Schneefrauen erzählen. Wir beide, du und ich, wir werden sie auftauen, diese Schneefrauen. Dann können wir anfangen mit uns. Richtig anfangen.«

Brigitte Heidebrecht

Das Netz

Angefangen hat's mit dem Moskitonetz.

Nein, für mich hat's schon früher angefangen.

Wann denn?

Unterwegs. Wir waren auf der Fahrt schon genervt. Erinnerst du dich nicht? Wir haben einander dauernd dreingeredet beim Autofahren, die eine sollte früher blinken beim Überholen, die andere nicht so dicht auffahren …

Oh Gott ja, stimmt. Und du hast dich alle zehn Kilometer beklagt, daß du nicht in Urlaubsstimmung warst.

Und du? In der ersten Nacht wolltest du das Zelt unbedingt unter der Hochspannungsleitung aufschlagen anstatt in der Lichtung, die ich ausgesucht hatte.

Was heißt hier ausgesucht? Du warst plötzlich klammheimlich im Wald verschwunden, während ich mit Mühe und Not eine ebene Stelle auf dieser holprigen Wiese ausfindig gemacht hatte. Dann durfte ich den Wald nach dir durchkämmen und du warst auch noch beleidigt, weiß der Teufel, wieso.

Hätte ich mich freuen sollen über dieses begnadete Fleckchen Erde unter der Hochspannungsleitung?

Hm. Wir waren beide ausgepowert, bevor wir losfuhren. Es war nicht eben unsere innigste Phase gewesen, diese Wochen davor …

Naja, kein Wunder. Deine neue Stelle. Und ich allein im Laden mit der Azubine. Wir hatten beide kräftig zu rudern, hatten nicht eben viel Zeit füreinander. Und dann hockten wir plötzlich den ganzen Tag nebeneinander im Auto und wollten glücklich sein. Das kann ich gar nicht leiden, wenn mich hinterrücks der Wunsch überfällt, mich auf der Stelle geborgen zu fühlen bei dir, und du bist noch ganz anders gepolt, so geschäftig und fern von mir. Dann komm ich nicht zu dir hin und nicht von dir weg. Abends, als wir in dem kleinen Café am Fluß saßen, hab ich zu dir gesagt: Ich hab das Gefühl, wir hängen wie zwei Fische in einem Netz. Ich möchte raus aus dem Netz, und immer wenn ich zappel —

— dann boxt du mich!

Ja, dann kriegst du einen Hieb ab. Ich wollte raus aus dieser genervten Verfangenheit, bloß wußte ich nicht, wie.

Aber zwischendurch war's doch auch ganz friedlich.

Ja, schon. Aber dann kamen wir schließlich am See an und gingen in die Pension —

Oh Gott, diese Pension!

— und du wolltest plötzlich doch lieber ins Zelt, in dieses Winzding, diese Hundehütte.

Wollte ich nicht! Aber dieses Zimmer! Wie die Signora die Tür aufmachte, uh, dieses düstere, muffige Loch mit dem öden 50er-Jahre-Mobiliar. Ich konnte mir einfach nicht vorstellen, dort zu bleiben.

Und das konnte ja eigentlich nur Zeltplatz heißen. Da hab ich gedacht, dir ist's einfach egal, wie wir schlafen, wieviel Platz wir haben, ob wir ein Doppelbett haben oder nicht, piepegal schien dir das zu sein, und ich hätt schier verzweifeln können.

An das Zelt hab ich in dem Augenblick gar nicht gedacht, ich wollte nur wieder raus aus diesem Verlies. Und dann weitersehen.

Ich hab jedenfalls gedacht: Wie sollen wir denn temperamentvoll werden miteinander in so einem Eineinhalbquadratmeterdomizil aus millimeterdünner Plastikhaut, wo man jeden Mucks durchhört, mit hartem Boden untendrunter und lauten fremden Leuten drumherum ... Und besonders temperamentvoll waren wir die Zeit davor ja auch nicht gewesen ...

Ich hatte keinen Moment lang vor, die Urlaubsnächte mit dir in zugeknöpften Schlafsäcken zu verbringen! Aber dieses Zimmer! Als die Fensterläden auf waren, sah es ja schon etwas freundlicher aus. Als das Doppelbett sich schließlich als eines ohne Ritze entpuppte, konnten wir uns ja fast nicht mehr beklagen. Am zweiten Tag fand ich das Zimmer schon beinahe schön.

Ja, aber beim Frühstück warst du dann wieder so kompliziert.

Weil ich statt Kaffee lieber Kräutertee wollte?

Ja, es muß halt immer etwas anderes sein, als was grad da ist. Es ist manchmal so schwierig, dich glücklich zu machen.

Ich vertrag nun mal keinen Kaffee, das weißt du genau. Im übrigen war es kein bißchen kompliziert. Ich habe gefragt, ob sie Pfefferminztee hätten, und sie hatten Pfefferminztee, und wo war das Problem? Das Problem warst du mit deinem Gesicht wie zehn Tage Regenwetter. Apropos Wetter: Es paßte zu uns, dumpf und diesig, wie es war.

Und bei dieser drückenden Luft wolltest du in der Nacht auch noch dein Moskitonetz über mich stülpen!

Weil ich vor lauter Mückenstichen nicht schlafen konnte.

Ich kriege unter dem Ding einfach keine Luft.

Das behauptest du immer, so ein Quatsch. Ein Netz besteht bekanntlich aus Löchern. Aber du kriegst ja schon Zustände, wenn ich das Ding überhaupt in den Rucksack packe. Aber dann mit mir an einen Süßwassersee fahren wollen! Du wirst ja nicht gestochen …

Naja, vielleicht hab ich ja auch 'ne Netzphobie … Jedenfalls, als du mitten in der Nacht das Netz über mich werfen wolltest, hab ich schlagartig die Wut gekriegt. Wo ich doch die ganze Zeit innerlich am Zappeln war, um aus dieser verfangenen Stimmung mit dir rauszukommen. Wie man außerdem in diesem verdammten Netz leidenschaftlich werden sollte, ohne sich vollends zu verfangen, das konnte ich mir gleich gar nicht mehr vorstellen. Da hab ich halt gedacht, du bist einfach ein bißchen verrückt. Und du könntest ruhig auch mal in Therapie gehen.

Was ich schon dreimal mehr war als du.

Ja, das sagst du immer … Offensichtlich hat's ja nicht viel genützt.

Freche Rübe! — Da hat's mir wirklich die Sprache verschlagen: Ich bin therapiebedürftig, weil ich lieber eine Nacht im Moskitonetz verbringe, als mich von einer Bande Mücken aussaugen zu lassen! Würdest du den gleichen Satz heute zu mir sagen, würde ich mir an den Kopf tippen und lachen. Mückenstiche als Beweis seelischer Gesundheit — so was Absurdes. Aber damals, mitten in finsterer Nacht, da ist's mir schwuppdich unter die Haut gerutscht. Ich war geradezu tödlich beleidigt.

Na siehste, dann muß es doch einen Punkt getroffen haben ...!

Fängst du schon wieder an?! Natürlich hat's einen Punkt getroffen, aber —

Und welchen?

Das sag ich dir sofort, wenn du mich ausreden läßt. Es hat etwas mit meiner Selbstachtung zu tun. Die du ja gelegentlich zu demontieren versuchst, und zwar immer dann, wenn du nicht bekommst, was du grad von mir willst, und nicht die Kurve kriegst, dich dann halt etwas von mir zu distanzieren. Dann hockst du dich vor mich hin und wirst moralisch. Dann bin ich plötzlich ganz unmöglich.

Bist du manchmal auch ...

Ich habe jedenfalls inzwischen gelernt: Wenn du den Stab über mich brichst, muß ich Abstand nehmen von dir, muß ich mich auf meine Seite schlagen, um meine Selbstachtung zu retten. Denn die brauche ich schließlich noch dringender als die Beziehung zu dir. In diese Ecke ist mir das geraten, dein »Du bist ja verrückt«. Ich lag da und hab gedacht: Was hält die eigentlich von mir!? Die findet mich daneben. Wieso lebe ich mit einer zusammen, die mich daneben findet!?

Ich hab mich am nächsten Tag dauernd gefragt, wieso ich so extrem reagiert habe, als du mit dem Netz kamst. Am schlimmsten fand ich, wie du das Netz nur über dich spannen und mich draußen lassen wolltest.

Weil du ja Zeter und Mordio schriest, als du mit hinein solltest!

Aber allein draußen liegen, das fand ich noch viel schlimmer.

Und das sollte Urlaub sein! Dir war das ganz egal, wo ich lag. Du hättest mich einfach leichten Herzens allein da draußen liegen lassen!

Und du hättest leichten Herzens mitangesehen, wie sich die versammelten Mücken des Comer Sees an mir laben! Mückenstiche als Liebesbeweis, so was Hirnrissiges! — Sag mal, die Frage, wie wir unser Nachtlager gestalten, war ja wohl der schwelende Untergrund unserer Streitanfälle.

Ja. Und: daß du's immer anders haben mußt als normal. Wer fährt denn schon mit Moskitonetz an den Comer See und muß dort unbedingt Pfefferminztee trinken? Dein Geschmack ist eben nicht so ganz der übliche …

Deiner auch nicht. Sonst wärst du doch nicht ausgerechnet mit mir zusammen, oder?

Hm. — Ach Mensch, ich hab einfach immer wieder Angst, daß uns womöglich eines Tages die Leidenschaft flöten geht … Man hört das doch oft genug von alten Paaren. Ich weiß, du sagst immer: Das ist wie mit dem Rollschuhfahren, das verlernst du dein Lebtag nimmer, auch wenn du's nicht ständig praktizierst —

Genau.

Und bisher hast du ja auch immer recht damit behalten. Trotzdem … In Zeiten, wo wir nicht eben feurig miteinander sind, werd ich halt bange und denk: Vielleicht war's das jetzt … Mir ist das eine Horrorvision: herumzulaufen wie ein altes Ehepaar, das zum hundertsten Male miteinander in Urlaub fährt und sich gar nicht mehr richtig aneinander freuen kann.

Das war aber nicht das hundertste Mal, das war das vierte Mal.

Na eben. Ich hab gedacht: Beim vierten Mal müßte frau sich doch noch aneinander freuen können!

Aber nicht, wenn ich total zerstochen bin …

Wie ging's dann eigentlich weiter mit uns?

Am nächsten Morgen warst du ganz stumm, und ich habe einen Wutanfall gekriegt und dich angeschrieen, daß ich nicht in Urlaub fahre, um mich von dir für verrückt erklären zu lassen.

Das weiß ich gar nicht mehr. Ich weiß nur noch, daß ich ganz in mich gekehrt war und überlegt hab: Wieso hat mich das so furchtbar gekränkt, daß du mich aussperren wolltest aus deinem Netz?

Und ich war den ganzen Tag über in Gedanken in Berlin. Und hab dauernd denken müssen: Ich muß zurückgehen nach Berlin, ich muß zurückgehen nach Berlin … Wie war ich bloß auf Berlin gekommen?

Na, da kommst du ja leicht drauf. Immer wenn es dir nicht gut geht, denkst du, du mußt nach Berlin zurückgehen, dann wird alles besser.

Ach, ich weiß: Ich hatte in der Nacht von Berlin geträumt. Daß ich mich von dir getrennt hätte, daß ich wieder dort wohnte. Am Tag zuvor hatten wir ja wieder mal geredet über Tuttlingen und Berlin: über Normalität und Szene und über unser soziales Netz — meins, das ich in Berlin zurückgelassen habe, und deins in Tuttlingen, das nicht so recht meines werden will. Ich hab gesagt, daß ich mir eine soziale Umwelt wünsche, in der wir beide auf gleiche Art zu Hause sind. Du hast gesagt, dir wär's lieber, jede hätt' ihre eigene Welt und wir könnten uns darin gegenseitig besuchen. Ja, hab ich gesagt, so hab ich mir das früher auch immer vorgestellt. Aber jetzt, wo ich ungewohnterweise Teil eines wahrhaftigen langjährigen Paares bin und mitten drin hocke in der deutschen Provinz, jetzt habe ich eher die Vision einer gemeinsamen Welt, die ich mir mit dir Hand in Hand zusammensuchen möchte. Meine eigene Welt, die hab ich ja in Berlin zurückgelassen … Letztlich und endlich, habe ich gedacht, läßt du mich doch im Regen stehn. Und erklärst mich auch noch für verrückt. Wenn es aber darum geht, für meine eigene Welt zu sorgen, so kann ich das sehr viel besser in Berlin. Wo es mehr Menschen gibt von meiner Sorte, wo Kräutertee in jedem Szene-Café eine Selbstverständlichkeit ist, und und und … Wo ich Heimat gefunden hatte. ›Eines Tages werde ich nach Berlin zurückgehen‹ — dieser Satz hat mich wie ein magischer Refrain durch den ganzen Tag begleitet.

Ausgesprochen hast du es damals nicht, aber nach dem Gespräch am Vortag konnte ich es mir denken. Das Thema Berlin macht mich entsetzlich hilflos. Wenn's allzu schwierig wird mit uns, dann gehst du halt eines Tages zurück, und ich, was tu ich dann? Wenn dieses Thema wieder und wieder auf den Tisch kommt, nach vier Jahren immer noch, dann denk ich: also geh halt. Was kann ich tun? Nichts. Mir fällt dazu einfach nichts mehr ein, gar nichts …

Das hast du an jenem Tag so stark ausgestrahlt wie noch nie: daß du davon ausgehst, daß ich sowieso irgendwann gehe, und daß es dann eigentlich völlig sinnlos ist, sich jetzt noch werweißwie miteinander herumzuquälen. Aber ich will doch, daß du mich festhältst oder mitkommst! Eins von beiden! Daß du mich einfach so gehen lassen willst — da werde ich stumm und gehe innerlich fort.

Ja, wir sind dann beide sehr wortkarg gewesen … Und höflich zueinander. Das war doch der Tag, wo wir zum Seeufer hinuntergegangen sind und uns stundenlang in unsere Bücher verkrochen haben.

Ja. Und es war entsetzlich schwül, völlig windstill, erinnerst du dich: Selbst die Surfschule hatte kapituliert, nichts ging mehr. Es hing ein solcher Dunst in der Luft, daß man nicht einmal mehr das gegenüberliegende Ufer sehen konnte.

Ich weiß noch genau, wie du neben mir lagst: gnadenlos freundlich und meilenweit weg. Ich kann es schier nicht ertragen, wenn du äußerlich freundlich, aber in Wirklichkeit unerreichbar bist. Das treibt mich in die ohnmächtige Verzweiflung. Als du mir im See davongeschwommen bist, war ich fast dankbar, endlich wieder etwas zu haben, worüber ich ärgerlich sein konnte.

Da hast du dein Handtuch geschnappt und bist ohne ein Wort verschwunden. Und ich hatte ewig lange keine Lust, dir nachzugehen.

Als du dann schließlich ins Zimmer kamst, zog sich der Knoten vollends zu. Ich erinnere mich nur noch an ein paar ratlose, gequälte Blicke, die wir getauscht haben — dann lagen wir beide rücklings auf dem Bett und schwiegen, schwiegen, schwiegen …

Ich war wie gelähmt. Mein Kopf war wie aus Watte. Ich hab überlegt, was eine Rückfahrkarte kosten mag und ob ich gleich bis Berlin durchfahren sollte. Gleichzeitig das Gefühl: Ich weiß nicht einen Schritt mehr zu tun. Ich bleibe jetzt einfach hier liegen bis ans Ende der Zeit — bis irgend etwas geschieht.

Ich hatte das Gefühl, ich sag mein Lebtag kein Wort mehr. Ist eh alles verkehrt, ist eh alles für die Katz, was soll eine überhaupt noch sagen. So was Albernes, sich verständigen zu wollen. Ich hatte in Gedanken auch schon meine Siebensachen gepackt. Nur noch heim. — Was, denkst du, hätte passieren müssen, daß du wirklich abgefahren wärst?

Wenn du im falschen Moment gesagt hättest: ›Dann geh halt.‹ Wenn du wütend oder ironisch gewesen wärst, als ich nicht mehr weiter wußte und nur noch hilflos war. Eine Ohrfeige im falschen Moment und ich wäre gegangen. — Und du, wann hättest du aufgegeben?

Wenn du unerreichbar geblieben wärst. Wenn du nicht reagiert hättest in dem Moment, wo ich versuchte, dich wiederzufinden. Es gibt immer einen Kippunkt. Dann merke ich: Jetzt muß ich raus aus der Starre, ich halt's nimmer aus. Wenn ich auf dem Gipfel der Verzweiflung angekommen bin, hört das Taumeln auf, das Taumeln nach dem Schlag, nach der Kränkung, nach der Wut. Dann fange ich wieder an, richtig denken zu können. Dann weiß ich wieder, was ich eigentlich will. Was will ich denn? Ich will, daß du da bleibst und daß es gut ist und sonst gar nichts. Dann drehe ich mich um zu dir, und wenn du in dem Moment hart bliebest oder ironisch reagiertest —

— dann würde die Tür zuklappen?

Ja, ich glaube. Aber das habe ich mit dir noch nie erlebt. Ich habe mich zu dir hin gerollt, und du hast mich in den Arm genommen.

Und habe zu dir gesagt: ›Ich würde am liebsten sagen, das Wichtigste ist, wir bleiben zusammen, und um alles andere kümmern wir uns anschließend. Aber ich kann das nicht allein sagen. Ich kann doch nicht sagen, das ist das Wichtigste, wenn es für dich nicht das Wichtigste ist.‹ Da hast du gesagt: ›Bleib bei mir.‹ Das hattest du noch nie so gesagt, schlicht und klar und ohne Wenn und Aber. Das war wie … wie ein goldener Apfel, der dir plötzlich aus der Tasche rollte, kugelrund und schimmernd. Und mir war, wie wenn ich alle Zeit darauf gewartet hätte. — Du hast immer betont, als es um meinen Umzug ging: Ich muß mich entscheiden, ob ich komme. Du bist glücklich, wenn ich komme, aber du sagst nicht, daß ich kommen soll. Und immer wieder: Du würdest mich wieder gehen lassen. Mitgehen könntest du nicht. Und was könntest du schon dagegen tun, wenn ich ginge. Das sei meine Entscheidung. Und ich wünschte mir immer, daß es unsere Entscheidung wäre. Manchmal denke ich, vielleicht müßte ich es einfach drauf ankommen lassen, es einfach ausprobieren und gehen. Du würdest schon nachkommen. Aber vielleicht auch nicht. Und dann hockte ich in Berlin ohne dich, das wäre ein schöner Mist.

Ach, du würdest dich schnell in die nächste Berlinerin verlieben, wie ich dich kenne.

Wie bitte? Wer hat sich denn schon öfter verliebt, seitdem wir uns kennen, du oder ich?

Es steht eins zu eins.

Ach was, ich hab mich nicht verliebt, nur verguckt, aber du hattest dich verliebt.

Nein. Ich habe verhindert, daß ich mich verliebt habe.

Aber FAST hattest du dich verliebt.

Hm. Du auch. Wenn die so auf dich zugegangen wäre wie meine, da möcht ich aber nicht wissen, was dann passiert wäre. Wenn die sich nicht grad in einen Mann verliebt hätte …

Die dumme Kuh! Stimmt …

… da hätt ich dich mal erleben wollen. Die hatte ja zig Steine

bei dir im Brett, allein schon weil sie aus Berlin war.

Na und deine? Die hätte dich schier um den Verstand gebracht, bloß weil sie grad so feurig drauf war. Ich hab jedenfalls meiner keine Liebesbriefe geschrieben.

Ich hab auch keine Liebesbriefe geschrieben! Nur welche bekommen.

Und genossen!

Naja, klar hab ich die genossen. Oh je, sag mal, wenn deine sich grad NICHT in diesen Mann verliebt hätte ... kannst du dir vorstellen, wie es dann gelaufen wäre?

Na, dann hätte ich wohl ähnliche innere Kämpfe ausgefochten wie du damals bei deinem Flirt.

Ja und dann?

Dann läg ich jetzt hier an deiner Brust!

Mir war damals sonnenklar: Ich könnte das eine nicht leben, ohne daß es auf Kosten der Intensität des anderen ginge. Und auf die Intensität mit dir wollte ich auf gar keinen Fall verzichten. Aber damals habe ich viel mehr gebangt um unsere Intensität, damals war es ja noch ziemlich frisch mit uns beiden. Ich weiß ja nicht, wie ist denn das, wenn so was passiert, nachdem frau schon einige Jährchen zusammenlebt, wenn frau sich manchmal so auf den Geist geht ...?

Naja, so oft gehen wir uns ja nun auch nicht auf den Geist, oder?! Außer in den glücklichsten Wochen des Jahres, ähem ...

Wie ging denn das weiter am Comer See?

Wo waren wir stehengeblieben? Beim Wendepunkt. Das ist ein richtiger Durchbruch gewesen.

Ja, ein kleiner Meilenstein. ›Bleib bei mir‹ ... Ich glaube, das habe ich wirklich noch nie zu jemandem gesagt. Das ist für mich ganz arg mit ... mit Scham verbunden.

Was ist denn das Peinliche daran?

Naja, die Bedürftigkeit. Außerdem hab ich zutiefst das Gefühl: Entweder ich krieg's oder ich krieg's nicht. Ich kann doch nicht um Zuwendung betteln. Wenn sich mir eine Person nicht freiwillig zuwendet, wenn ich erst drum bitten muß, daß heißt doch, freiwillig würde sie sich mir gar nicht zuwenden wollen.

Es gibt aber doch auch andere Gewichte, die an einem Leben hängen! Arbeit, Heimatgefühle, Bindungen. Wenn die so sind, daß sie mich wegziehen von dir — und Berlin bietet nun einmal andere Lebensmöglichkeiten als die Provinz —, dann brauche ich Gegengewichte dazu, die mir helfen, hier zu bleiben. Da kann ein kleiner goldener Apfel ganz schön in die Waagschale fallen ...

Und weißt du noch, was danach war?

Da haben wir einen Abendspaziergang gemacht. Und wie im besten Kitschfilm hatte sich ein frisches Windchen erhoben und den Dunst über'n See hinweggeblasen, die Berge kamen hervor, zum ersten Mal seit unserer Ankunft, und die Luft war angenehm lau, es war die reine Wonne. Wir sind im Galopp durch's hohe Gras gelaufen, Hand in Hand, über die Wiese hinter der kleinen Müllkippe, haben uns auf einen Baumstumpf am Wasser gesetzt, uns den Wind durch die Haare fegen lassen und uns darüber gefreut, daß wir jetzt doch nicht abfahren mußten.

Und als wir wieder in unserem Zimmer waren, weißt du noch? Wie du mich geschnappt hast ...

... und wir uns ganz und gar wiedergefunden haben. Von Kopf bis Fuß.

Und draußen gab's einen richtigen Sturm, der hat sogar die Moskitos weggeblasen. Du hast gar nicht an das Netz gedacht in dieser Nacht, weißt du noch?

Freche Rübe ...

Ellen Widmaier

Terpentin und Honigbrötchen

(Für I.D.)

Wohin gehörst du in all dem Blau
und gebleichten Grün? ...
Du bist ein Extra, ein Irrtum,
Strandgut: eine Gabe, ein
Widerspruch

Margaret Atwood

Liebe Gisa!
Nun ist es vorbei mit Yoga, Psychodrama und Bioenergetik! In rastloser Rückschau flimmern die Bilder, unser Badesee, der kleine Steg unter der Weide im Abendlicht, die Lust am Spiel, die Prise Wahnsinn in dem Frauenschwarm.
So bin ich zu Hause und doch nicht zu Hause und frage mich, wohin all die Gefühle entschwebt sind, die unseren Gesichtern gestern noch diesen entrückten Ausdruck verliehen. Ich sitze am Küchentisch mit einem letzten Häppchen goldener Funken und schreibe Dir, weil ich einfach Lust dazu habe und Dich so gern gezeichnet habe.
Gerade kommt Do zurück. Sie ist schon wieder ganz nüchtern. Wo sich doch offenkundig einige Frauen in sie verliebt haben. Therapeutinnen haben es gut, sollte man meinen. Aber Do sieht das streng professionell und würde sich nie auf etwas einlassen. Ach ja ...
Liebe Grüße, etwas verlegen,
Anne

Liebe Anne!
Eben kam Dein Brief. Danke, das war eine schöne Überraschung. Auch ich sitze am Küchentisch und die goldenen Funken beginnen zu sprühen. Diese zwölf Tage waren erst ein Anfang! Aber der Alltag mit seinen Zwängen — eine beschwerliche Wanderung von kalten im wärmere Zonen ...
Wohnt nicht Deine entzückende kleine Nichte hier in der Nähe? Hast Du nicht Lust, sie zu besuchen und bei dieser Gelegenheit bei mir vorbeizuschauen?
Noch ist es Sommer, wenn auch schon kühler.
Gisa

Liebe Gisa!
Die nicht gestempelte Briefmarke auf Deinem Umschlag signalisierte mir, daß ich Dir prompt antworten darf. (»Wir lassen nichts verkommen«, sagte meine Mutter immer.)
Mit dem Island-Tief bewege auch ich mich wieder in kälteren Zonen. Der Charakterpanzer ist wieder angelegt, wenn auch noch nicht zugeknöpft. Ich werde meine Nichte besuchen, bevor der Winter kommt! Do kann mich nicht tadeln wegen solch lockerer Pläne, da sie heute morgen zu einem Ausbildungsworkshop abgereist ist. Therapeutenmenschen entwickeln eine gewisse Sucht nach diesen abgehobenen Zuständen, übertragen aber wenig davon auf den Alltag. Ich möchte häppchenweise davon abbeißen, das inspiriert so schön. Do behauptet, Inspiration stelle sich auch ein, wenn ich endlich meine neurotischen Störungen therapieren ließe (bisher habe ich mich standhaft geweigert). Sie gewährt mir jedenfalls keine Sonderabenteuerrechte.
Dieses Problem kann ich heute leider nicht mehr lösen, da ich gerade meinen Rucksack packe. Die nächste Geschäftsreise steht bevor. Meer, Dünen, Strandhafer, einsame Möwen über leuchtendem Sanddorn, Regenpfeifer am auflaufenden Priel, zartrosa Abendwölkchen und dräuend schwarze Gewitterwolken: Auf

meinem Tisch vor dem Kurhotel werde ich alles anbieten, was die Seele des Urlaubers in Schwingung versetzt. In vier Monaten habe ich eine Ausstellung in H., wo ich hoffentlich einige große Bilder verkaufen werde. Bis dahin muß ich mich mit dem Publikumsgeschmack arrangieren.
Bis später einmal. In verhaltener Wehmut,
Anne

Liebe Anne!
Wie schade! Eine Minimalumarmung aus der Ferne. In fünf Minuten geht die letzte Post weg, hoffentlich erreichen Dich diese Zeilen noch. Darf ich Dir schreiben? Wohin?
Gisa

Liebe Gisa!
Ich muß gestehen, die Aussicht, drei Wochen oder länger keine Post von Dir vorzufinden, traf mich schlimmer als erwartet. Deshalb besonderen Dank für Dein eiliges Billet Doux.
Schon nach wenigen Tagen ersticke ich in Auftragsarbeiten schnödester Art. Gestern mußte ich Wellen malen, die im Moment des Umkippens den sinnigen Hintergrund abgeben für eine Haartolle aus De-Ce-Fix, die ebenfalls im Umkippen begriffen ist — für ein Friseurgeschäft mit Jugendstilfassade. Da die Friseuse sehr nett ist, konnte ich nicht ablehnen.
Dann wollen vier Leute plötzlich ein und dasselbe Bild kaufen, obwohl die Auswahl inzwischen beachtlich ist. Reiner Futterneid, dieses Phänomen kenne ich schon. Also male ich fließbandmäßig dieses Bild, wie es sich für eine Kreativsklavin der Touristen gehört.
Heute habe ich erstmals im Meer gebadet. Schön, leider sehr kalt, kein Vergleich zu unserem Badesee ... Ich bin müde, denke an Deine Minimalumarmung, und in dem Augenblick, wo mein

Herz schneller zu klopfen beginnt, kommt mir die fatalistische Erkenntnis, daß du damit das Maximum gemeint hast.
Heute morgen habe ich mir vorgestellt, wie es wohl wäre, wenn Du plötzlich vor meinem Stand stehen würdest. Mein ätherisches Lächeln muß einige Schaulustige angelockt haben, die dann sogar Bilder gekauft haben. Danke!
Es ist schon spät, und ich umarme auch Dich, minimal oder maximal, ganz wie Du möchtest.
Anne

Liebe Anne!
Über Deinen Brief habe ich mich sehr gefreut.
Auf der Suche nach unserem Badesee bin ich abends noch ins Schwimmbad gefahren. Als ich mich in die beheizten Fluten gleiten ließ, traf mich ein goldenroter Sonnenstreif auf blaugrünem Wasser.
Gut, daß die andern verhindert waren, sie hätten mich nur gestört. Ely hat Liebeskummer und meinte, in Brandy baden zu müssen. Helke wollte Kuchen backen, Vollkornkuchen mit Zimt und Mandeln (fehlt nur noch ein Hauch Knoblauch), Miss Morena hat sich beim Fallschirmspringen das Sitzbein angeknackst, aber es lag an der nicht zu beeinflussenden Bodenthermik (nicht daß jemand auf die abwegige Idee kommt, Frauen seien für diesen Sport nicht geeignet). Und Thomas ist immer noch verreist. Ach, wenn Du jetzt über meine Postsauna-Aprikosenhaut streichen könntest, würdest Du schwelgen! (*Andächtige Pause* bitte.)
Ich höre gerade Sally Oldfield: You are the Morning of my Life. Ja. Und Du bist meine liebste Brieffreundin. Seit meinem dreizehnten Lebensjahr hatte ich keine mehr!
Gisa vom Festland
(wo heute Abend kein Fest mehr stattfindet — oder doch? ...)

Liebe Gisa!
Danke für die schönen Zeilen — endlich! Gestern und vorgestern war der Kasten auf tragische Weise leer, und nachts bin ich in mehreren Inselkneipen versackt. Dauernd werde ich eingeladen, alle erzählen mir ihre Lebensgeschichten und Inselverwicklungen, und meine Vermutung hat sich bestätigt, daß die Friseuse eine Lesbe ist. Sie hatte sieben Weine heute nacht, saß immer noch gerade auf ihrem Hocker und operiert heute morgen wieder mit scharfer Schere.
Schwelgen und Schwärmen — gibt es Schöneres? Ich schwärrrme für Dich! Dieses bizarre Vibrato in dem sonst so weichen Wort, das an Schwäne erinnert. Ich bedaure, Dir in einer allzu spontanen Aufwallung den Akt geschenkt zu haben. Das war ein Œuvre im Wert von mindestens 400 DM — aber was rede ich, der Geschäftssinn tyrannisiert mich schon, darum geht es doch überhaupt nicht! Nun bin ich angewiesen auf mein visuelles Gedächtnis, und das versagt eben dann, wenn ich Dein Bild zurückrufen will.

Gestern war ich an der Watt-Seite malen. Verhangener Himmel, harter Wind, trockener Grund. Aber bei aller Mühe, die ich mir gab, erschien auf der Platte etwas ganz anderes, ein zärtlich einladendes Watt, sanftfeucht bis durchnäßt mit weichen Übergängen. Ich habe mich in eine Dünenkuhle eingekringelt wie ein Sandwurm und einen kleinen Schauer geweint. Hier werde ich auf Dauer so hartleibig, das Geschäft, das Gerenne, die Kunden mit ihren immer gleichen Fragen (»Wie lange malen Sie denn schon?« — »So lange wie Sie, nur habe ich nicht aufgehört ...«)
In wenigen Tagen fahre ich nach Hause, kann mich aber nicht so recht freuen. Eigentlich sollte ich Tagebuch schreiben statt Brieffreundschaften zu pflegen. Wenn Do es erfährt, wird sie mit spitzem Finger auf die Stapel ihrer Tagebücher zeigen. Ich werde anerkennend nicken und heimlich denken: Ist es nicht schöner, das Echo meiner Zeilen zu archivieren? Und wenn Do Gedanken

lesen könnte (Göttin, sie kann es!), würde sie in ihrem unnachahmlich sarkastischen Tonfall sagen: Betrug beginnt in der Phantasie.
Letzte Inselgrüße von Anne

Liebe Anne!
Vielen Dank für das Bild. Mein Auge wandert durchs Watt. Schade, daß ich es nicht streicheln darf, die Pastellkreiden mögen das nicht. Hineinlegen darf ich mich auch nicht in das zart verschwimmende Grau, und schon rollen ein paar Tränen. Die sitzen sowieso locker heute, in zwei Tagen ist Vollmond. Mein eigener Mond im Krebs, Saturn funkt dazwischen, und noch vier weitere Planeten in Wasserzeichen — wohin soll das noch führen?
Gestern Nacht hatte ich einen Traum. Meine Mutter hatte mir AIDS vererbt. AIDS als Abkürzung für Ansteckendes Inoperables Depressives Syndrom. Jetzt weißt Du Bescheid.
Aus weiter Ferne,
Gisa

Liebe Gisa!
Ich habe die möglicherweise folgenschwere Entscheidung getroffen, sofort meine Nichte zu besuchen. Mit Do hatte ich einen harten Clinch. Es ist ihr natürlich nicht entgangen, daß ich morgens lange vor dem Briefträger den Inhalt des Postkastens prüfe. Ich habe versucht, diese Regungen neugieriger Unruhe auf nützliche Weise mit dem Runterbringen des Abfalleimers zu kombinieren — für Do nur ein Tarnungsmanöver. Die ungehemmte einfühlende Beobachtung von Therapeuten wird in diesem Falle noch ergänzt durch die detektivische Wißbegier der Skorpione. Hoffentlich treffe ich Dich zu Hause an. Hoffentlich stimmt dann die Thermik — und überhaupt ...
In etwas zittriger Erwartung,
Deine Brieffreundin Anne

Liebe Anne!
Nachdem Du abgefahren warst, habe ich mit Deinem Kuß unterm Hemdchen noch eine Runde wunderbar geschlummert. Dann lief ich wie Milch und Honig neben den dröhnenden, stinkenden LKWs her und wildfremde, abgehetzte Leute lächelten mich an. Im Institut war es ruhig, ein Glück. Manchmal sehe ich Dein Gesicht vor mir aufleuchten, dann sacke ich mit dem Fahrstuhl in die Tiefe.
Bist Du gut angekommen?
Ich möchte Deinen Mund nachzeichnen, ohne Pinsel, ohne Griffel, ohne Stift, nur mit den Fingerspitzen.
Gisa

Liebe Gisa!
Meine Reise war gut, doch die Ankunft furchtbar. Tränen und exzessive Eifersucht. Im Kampf gegen den Uhrzeigersinn saßen wir uns bis tief in die Nacht gegenüber. Do tat mir so leid, doch das hinderte mich nicht daran, daß ich sie mehrmals allein auf dem Sofa sitzen lassen wollte, um an die Leinwand zu eilen und unglaublich schöne Bilder von Dir loszuwerden.
Heute Nacht schlafe ich allein. Ich küsse Dich.
Anne

Liebe Anne!
Drei Wochen sind schon vergangen. Ob wir uns wohl wiedersehen? Ich lese gerade ein Buch über die Romantik, Lust und Todesahnung nah beieinander. Die schöne Erotik mit Dir hat mich überrascht und begeistert. Aber Du löst noch etwas Tieferes in mir aus, was ich mit Frauen noch nie erlebt habe.
Ich bin wütend auf Do, weil sie so besitzergreifend ist. Ich bin traurig, weil ich keine Hoffnung habe, daß sich daran etwas ändern wird. (Das ist die richtige Stimmung, um meine Studien über

die Romantik fortzusetzen ...)
Wie geht es Dir, was macht Deine Arbeit?
Herzlich,
Gisa

Liebe Gisa!
Eben brachte der Briefträger Deinen Brief, den ich mit zitternden Händen geöffnet habe (Do ist nicht da — ein Glück!). Jetzt hat mich vollends der Mut verlassen, Dir die bleiernen neun Seiten zu schicken, die ich Dir im Laufe der vergangenen Woche geschrieben habe.
Aber vielleicht tröstet Dich, daß ich mir trotz der Gewitterwolken die Hände gepflegt habe, um das übernächste Wochenende bei Dir zu verbringen. Schon kraule ich im Geiste Deine Rückenpartie, meine medialen Fingerspitzen riechen kein bißchen mehr nach Terpentin, und während ich Dir dies schreibe, beiße ich in ein knackiges Honigbrötchen. Ich habe mir zur Feier des Tages das Frühstück mitsamt Deinem Brief im Bett serviert. Eine Kohleerinnerungszeichnung liegt ebenfalls vor mir (die ich natürlich in der Mappe verschwinden lasse, sobald Do zurückkommt; unnötige Verletzungen vermeide ich). Mein Federbett glüht, meine Schlafhöhle schwült, und ich schmelze dahin zu einem sinnlich-honigen Konzentrat. Wenn doch Gisa käme und mich mitnähme ...
Anne

Liebe Anne!
Es war wunderbar mit Dir.
Glücklich, dankbar —
Gisa

Liebe Gisa!
Ich bin froh, daß es Dir so gut geht. Hier sieht es etwas anders aus. Eine eifersüchtige Freundin ist schon schwer zu ertragen, aber eine eifersüchtige Freundin, die zugleich Therapeutin ist, wünsche ich meinen schlimmsten Feinden nicht. Ich habe es mir so ausgesucht, und ich war doch so glücklich ... Ob Dich dieser Film überhaupt interessiert? Wenn nur das Ende schon klar wäre und die Anzahl der zu überwindenden Spannungsbögen!
Als ich diesmal von Dir zurückkam, hatte Do eine ganze Wand mit Papier bespannt. Jede Phase ihres Leidens war symbolisch dokumentiert, in schwarzen Höllensonnen oder in drastischen Worten, deren Wiedergabe ich Dir ersparen möchte. Ich wollte es nicht sehen, nicht in dieses qualvolle Dunkel abtauchen, wo ich doch gerade so sonnenbeschienen dastehe. Wenn ich das gewußt hätte, hätte ich sie angerufen, aber was hätte das geholfen? Ich fühle mich schuldig, ja. Natürlich hat nicht all ihr Leiden ursächlich mit mir zu tun — immer die frühkindlichen Vorgeschichten, blanke Verlustangst. Aber ich bin nun einmal die Zielfläche, auf die die Pfeile abgeschossen werden. Und sie treffen ins Schwarze! Darin hat Do Meisterschaft erworben, analytisch und diagnostisch ist sie super, und ich werde zunehmend orientierungslos. Da denke ich gerade sehnsuchtsvoll an Dich, während Do mir tief in die Augen schaut, da sagt sie eiskalt: »Laß den Dackelblick, du denkst wohl gerade an sie«, und ich könnte mich schütteln wie ein nasser Hund. Es heißt ja, in Frauenbeziehungen wird besonders hart zugebissen. Frau kennt sich eben selbst zu gut, und mit traumwandlerischer Sicherheit entdeckt sie die Stelle, die nicht mit Drachenblut getränkt ist (davon abgesehen, daß für Do auch Drachenblut kein Hindernis darstellt).
Als ich klein war, liebte ich Leberwurst. (Diese Erinnerung stimmt mich nachdenklich, vielleicht nähere ich mich tatsächlich der Seinsform des Hundes?) Im Kindergarten wollte ich mich an den Tisch meiner Lieblingskinder setzen. Doch einer aus der Runde erhob Einspruch: »Leute mit Lebenswurst aufm Brot

komm hier nich am Tisch.« Ich stellte mich in die Ecke, der Appetit war mir vergangen. Was sollte ich ändern, Brotaufstrich oder Tischnachbarn? Verzweifelt bat ich meine Mutter, mir Salami dazwischen zu klemmen. So hatte ich meine geliebten Tischnachbarn wieder, kaute aber widerwillig Salami.
Wir haben auch gute Gespräche und einverständige Momente. Do meinte, ich hätte es mal wieder geschafft, mich als Einstiegsdroge zu verabreichen, darüber mußten wir beide herzlich lachen. (Ich warne Dich: Keine Frau hat bisher die Droge wieder abgesetzt!) Aber daß Do nicht auch mal zwischendurch eine andere Marke der gleichen Sorte probiert, verstehe ich nicht. Sie hat so hohe Ideale und schafft es spielend, sie zu verwirklichen. Aber ihre Abstinenz hindert uns an einer freieren, offenen Beziehung, das versuche ich ihr klarzumachen. Ist es nicht gerade ihre kompromißlose Liebe, die unsere Liebesbeziehung untergräbt? Es ist zum Verzweifeln ...
Gleich machen die Läden zu, und ich war noch nicht einkaufen. Do wird fragen, was ich die ganze Zeit getan habe, während ich keinen Kaffee besorgte, deshalb muß ich zum Schluß kommen. Trotz all dieser Widrigkeiten einschließlich meines morgendlichen Horrorskopes gibt es auch schöne Momente im Laufe des Tages. Dann küsse ich im Geiste Dein viel zu kleines Schlüsselbeinchen.
Bis nachher in drei Wochen,
Anne
P.S. Vorhin fing ich an, wild zu zeichnen. Bin fest entschlossen, morgen ein großes Ölbild zu malen. Mit wütender Lust, Inbrunst hätte man früher gesagt. Bin besessen von einer Gier nach Auflösung aller Konturen, nichts als Begrenzungen. Und die will ich sprengen!

Liebe Anne?
Einstiegsdroge? Nein danke.
Eine andere Marke zum Probieren? Nein danke.
Euer »herzliches« gemeinsames Gelächter widert mich an!
Vorprogrammierte seichte Abenteuer, die die alteingesessene Beziehungskiste mit ein bißchen Kitzel und Schmieröl versorgen sollen — das ist es also, was Du willst!
So geht kein Kerl mehr mit mir um, und nun soll ich es mir von Frauen bieten lassen!
Lieber verbringe ich den Abend mit Marilyn Monroe. (Wenn Boris Becker sie wieder verdrängt, werde ich eine Bombe in die Glotze schmeißen).
Some like it hot — or not ... Das war's dann also.
Gisa.

Liebe Gisa!
Schon dreimal habe ich versucht, Dich telefonisch zu erreichen. Ich verstehe Deine Wut, aber ... Jetzt versuche ich es wieder, wo steckst Du nur? Erst den Brief in den Kasten ...
Sechs Grad Minus (Innentemperatur).
Anne

Liebe Anne!
Auch hier gibt es Vorgeschichten. Es ist nicht die Qual der Wahl zwischen Leberwurst und Salami, sondern die Frage, wie ein kleines Mädchen von drei Jahren die Trennung von der Mutter überleben kann — zwei Jahre gefüttert mit zerknitterten Briefen, Versprechungen, falschen Hoffnungen und (seltenen) Besuchen. In die Wiederbelebung meiner Urmutter-Sehnsüchte und Uralt-Frustrationen platzte Dein Brief, Euer »herzliches« Gelächter. Welche Perspektive gibt es überhaupt für mich? Welche Rolle

wird mir zugedacht im Dreieck?
Gut, daß Du angerufen hast.
Jetzt schlafe ich, träume süß und küsse Dich in die Innenseite.
Gisa

Liebe Gisa!
Gerade habe ich mir ein kostbares Parfum angelegt: »Je reviens« (hat meine Mutti mir einmal geschenkt, zu der ich aber nicht zurückkehren möchte). Immer will ich nur bei Dir sein und sitze hier wie in einem komfortabel ausgestatteten Wartezimmer, draußen rauschende Bäume, stürmischer Wind, frühherbstliche Kulisse. Die frühkindlich-tragischen Schwingungen halten an, die Jahreszeit ist auch danach. Wir scheuen noch davor zurück, uns in offene Gräber zu legen, wie es einige Romantiker taten, um einen Vorgeschmack des Todes zu kosten. Ich leide, also bin ich, der berüchtigte weibliche Masochismus? Ich bin unfähig, irgend etwas Sinnvolles zu tun, habe seit Tagen nicht mehr gearbeitet, schnappe nach Luft unter dem Haufen elementarer Erkenntnisse, die Do aus ihrem unerschöpflichen Fundus modernen Geheimwissens auf mich packt. Frauenbeziehung zwischen Traum und Trauma. Wir siezen uns zur Zeit, um die Distanz auch äußerlich sichtbar zu machen, die Türen werden vor Eintritt beklopft, und vorhin hat Do sich mit einem Handkuß verabschiedet, ich wußte nicht, ob ich lachen oder weinen sollte. Du sollst wissen, in welchem Spiel Du mitwirkst — ist es denn noch Spiel? Jetzt würde ich mich gern auf diese grauwattige Wolke schwingen wie Nils Holgersson auf seine Wildgans, die Ebenen und Wälder unter mir vorbeiziehen lassen, in Deinem Garten landen, die Katzenleiter erklimmen und mir von Dir die Sorgen von der Stirn pusten lassen.
Anne
P.S. Do will nicht, daß ich Dich besuche. Hartes Gespräch bis tief in die Nacht. Ausziehen sollte ich, abhauen! Bei Heteros heißt

es Verliebt/Verlobt/Verheiratet. Und bei uns? Verliebt/Vereinnahmt/Verbarrikadiert! Do sieht das natürlich ganz anders: Verliebt/Verletzt/Verraten/Verstoßen ... und auch das ist ja die Wahrheit. Hast Du mich verhext? Freue ich mich auf Dich? Ich glaube, ja. Bis Samstag,
Anne

Liebste Anne!
Dein Lippenstiftabdruck, pinkfarbener Abschiedskuß, empfing mich auf dem Küchentisch, als ich von der Arbeit kam, und es geht mir unverschämt gut. Ich möchte nicht als Hexe mit dem Besen durch die Lüfte fegen, nein, ich genieße meine warme, dämmerige Wohnhöhle mit der rankenden schlingenden Flora, fühle mich gut mit mir allein und schicke Dir Ton in Ton rosarote Wölkchen, Mäulchen, Häppchen zum Knabbern, Schlecken, Beißen von Kopf bis Zeh — das Leben lebt auch ohne Perspektive! So soll es sein so muß es sein so wird es sein (hat Wolf Biermann mal gesungen, er meinte es damals zünftig rot, kannte Deinen Mund ja nicht ...)
Ich bin wie angepiekt und vagabundiere sehnsüchtig in alle Richtungen. Thomas hat mich besucht. Schön war's.
Bin gleich zurück,
Godot

Liebe Godot!
Da war also der Thomas zu Besuch. Mich erheitert das kein bißchen. Ich fühle mich wie die Petersilie zum Hauptgericht und könnte ihm auf der Stelle das jugendliche Kinn demolieren. Was für ein Bodensatz in mir! Wahrscheinlich bist Du gänzlich unakzeptabel (das behauptet Do ja von Anfang an). Aber im Moment bin ich zu erschöpft, um die geheimen Abgründe Deiner Frauenseele zu analysieren.

Das Wandbild auf der Frauenwoche wird sehr gut, eine Schwertkampfszene. Bisher habe ich die interessierten Frauen nur angeleitet, morgen werde ich selbst Hand anlegen, da kommt Dein Brief gerade recht! Der Publikumsstrom reißt nicht ab, und die Reaktionen der Männer übertreffen jedes vertretbare Maß an Dummheit. Sie können einfach die Aggression dieser Frauen nicht verstehen. Einige Profs erzählen uns etwas über Yin und Yang. Laß sie laufen, denke ich, die muß man schonen. Do muß ich auch schonen, jedes Wort wird auf die Briefwaage gelegt. Nur mich schont niemand, verdammtes Waage-Naturell! Eine Handleserin hat auch ihren Stand dort aufgeschlagen und diagnostizierte sogenannte Samariterlinien bei mir. Ob ich sie mir operativ entfernen lasse?
Samstag: Do hat gerade weinend das Haus verlassen, weil ich offenbar zu heiter am Frühstückstisch erschienen bin. Wo ich doch froh war, nach Godots makabrem Scherz endlich wieder schön von Dir geträumt zu haben. Trennende Heiterkeit als neue Version unseres Zusammenlebens. Ein Schmerz in meiner rechten Hirnhälfte, vor meinem inneren Auge zwanghaft ein Film: Klavierkonzert. Ich kann doch gar nicht spielen. Ein Klavier mit beweglichen Tasten, die schwarzen Tasten springen in den linken Kasten, die weißen Tasten in den rechten Kasten. Und alle warten ungeduldig auf schöne Musik — aua, mein rechter Gehirnkasten … Bald bin ich reif für Therapie und Do hat gewonnen. Sie fragt jetzt immer, was Du hast, was sie nicht hat. Es ist quälend. Danach kommt, was sie hat, was Du nicht hast, was ja wohl der Grund dafür ist, daß ich mich nicht von ihr trennen kann. Ich sage, Du bist schlicht und einfach neu. Aber warum hab ich da was Neues? Aua, mein rechtes Hirn …
Übrigens bin ich durch die verdammte Jury gekommen und für den Förderpreiswettbewerb empfohlen worden. Ausschlaggebend war wohl »TRAUM(A)«, Acryl auf Hartfaserplatte. Die Welt wartet auf meine Werke und ich laß mir von Weibergeschichten das Hirn migränieren — wo soll das noch enden?

Ich küsse Dich.
Anne
Sonntag: Übrigens habe ich einen dicken roten Fleck dort, wo Du angeblich keinen Knutschfleck hinterlassen hast. Ich hatte mir schon einen Seidenschal um den Hals drapiert, den Do mir mal geschenkt hat, aber noch rechtzeitig gemerkt, wie stillos das ist. So bin ich weithin sichtbar kompromittiert, aber Do hat es bisher nicht erwähnt, vielleicht weil sie zur Zeit von mir abhängig ist. Sie wacht immer um vier Uhr nachts auf und kann nicht mehr einschlafen. Dann kommt sie zu mir ins Bett, und ich muß gestehen, es ist sehr schön. Ihr Colloquium steht bevor, und sie muß ausgeschlafen sein. Ich wage zu fragen: Wer hat denn nun den helfenden Beruf — sie oder ich? Aber ich will nicht ungerecht sein. Fast alles, was ich heute über mich weiß, verdanke ich ihren einfühlenden, gründlichen Fragen, sie hat meine Taktiken früh durchschaut. Doch damals hat die Liebe das Lernen versüßt ... Ach, drei »Tagebuchbriefe« mit Schilderungen der Dramen, die sich hier abspielen, habe ich nicht abgeschickt, um Dich zu schonen.
Liebe Grüße,
Anne

Liebe Anne!
Ich bin neidisch auf Euer vertrautes Zusammensein, auf die Nähe, die Ihr Euch trotz allem gewährt. Ich fühle mich schwach und widme mich hingebungsvoll der Lektüre diverser Fernseh-Illustrierten. Frau erschießt erst ihren Mann, dann sich selbst mit Gewehr (mitten in die Brust!). Wie hat sie nur das Gewehr gehalten? — das sind die Fragen, die das reale Leben stellt! Stell Dir vor, es gibt auch ›Todesfallen‹ im Kinderzimmer! Schon immer habe ich gerätselt, wie ich bei *der* Kindheit überleben konnte. Ganz einfach: Der Abstand zwischen den Gitterstäben in meinem Kinderbett hat gestimmt, sonst hättest Du mich nie kennengelernt. Und Ehefrauen sollte man auch nicht beneiden: »Heimlich ließ

ich mich sterilisieren — das sollte ich bitter bereuen ...« Was brauche ich, um wieder gesund zu werden? Hier steht es schwarz auf weiß: »Die Liebe verleiht ungeahnte Kräfte.«
Ich sehne mich nach Dir.
Gisa

Liebe Gisa!
Es gibt doch nichts Schöneres als so einen Tag nach dem Motto: Ich vegetiere, also bin ich! Zu gern hätte ich Dich bei mir gehabt in dieser lasziven Stimmung, wo mein Tag hier so mißraten war: Gestern abend haben wir auf meinem Zimmer eine kleine Party gefeiert, wobei Gerd-Rüdiger Wein auf meinem Bett auskippte. Als ich heute morgen aufwachte, glaubte ich, in der Kneipe auf dem Billardtisch zu liegen. Die grüne Samtdecke muffelte feucht, und Schwaden von Kippenduft entströmten meiner Kleidung. Als ich in den Flur wankte, hatte Dos Katze in die Ecke geschissen. Als ich mich durch ein Bad läutern wollte, war die Wanne verdreckt. Als ich mich gerade ärgern wollte, verlangte Do, daß ich die Katzenscheiße wegmache, weil angeblich ich die Balkontür in der Nacht geschlossen hatte und Lukrezia nicht raus konnte. Als ich mich weigerte, brach Do in Tränen aus und klagte mich an, für unsere Lebensgemeinschaft nichts mehr übrig zu haben. Als ich dann endlich einen Schreikrampf bekam, machte er auf Grund der allgemeinen Katerstimmung keinerlei Eindruck. Also, ich habe die Fäkalspuren beseitigt. Ich habe auch den geschossenen Salat aus den Beeten gerupft und zu einem zauberhaften Bukett in der Bodenvase angeordnet. Ich werde Biervorräte besorgen und gefüllten Wirsing kochen. Alle werden versöhnt sein. Und ich? Do ist wortlos in ihrem Zimmer verschwunden, während ich ingrimmig diesen Brief schreibe, auf daß dieser Tag doch noch Kultur bekomme.
Herzlich,
Anne

P.S. Ich habe aus Versehen Deine blauen Wollsocken eingesteckt. Do hat gleich gewußt, daß sie nicht in unsere Schublade gehören. Und ausgerechnet jetzt hat Gerd-Rüdigers Freundin ihr Nachthemd hier liegen lassen, so daß Do prompt vermutete, auch das sei von Dir. Sie wollte sich weigern, in Zukunft meine Wäsche mitzuwaschen. Dabei sprach sie erstmals von Trennung. Diesen Gedanken kann ich nicht ertragen. Warum muß alles so schwierig sein?
Bald ist Weihnachten, und obwohl dieses Fest erfahrungsgemäß seine geheimen Tücken hat, wünsche ich mir den einen oder anderen Heiligen Abend mit Dir.
In fatalistischer Stimmung,
Anne

Liebe Anne!
Eben komme ich von einem Spaziergang am linken Kanalufer zurück. Vergangene Nacht ist das Wetter umgeschlagen. Wie trügerisch der sonnenbeschienene Weg unter den blattlosen Ästen. Im Sommer, als Du hier warst, war es dort schattig, dunkel, warm, erinnerst Du Dich?
In der Nacht suchte ich Dich in einem Zug, hielt bei der Einfahrt im Bahnhof Ausschau nach Dir, hoffte, Dich an einem der Fenster zu entdecken, stieg ein, wanderte von Abteil zu Abteil. Vergeblich. Keine Spur von Dir. Als ich ratlos im Gang stehen blieb, kam ein Schaffner auf mich zu, lächelte geheimnisvoll und sagte: »Ich weiß, wen Sie suchen, kommen Sie mit!« Wir passierten viele Gänge, bis er vor einem abgedunkelten Abteil anhielt. Er wies mit der Hand auf ein Schild: *Für Alleinreisende* und öffnete mir die Tür. Niemand saß dort, ich setzte mich ans Fenster und machte mich vertraut mit der lautlosen, nebligen Flußlandschaft, die von sommerlichen Erlen und Pappeln träumte, einen Traum für Novemberkinder wie
Gisa

Liebe Gisa!
Mir geht es nicht gut. Sogar Do hat Mitleid mit mir. Sie will Dich sehen, sprechen. Bitte tu ihr den Gefallen, sonst dreht sie noch durch. Dieser Tage beklagte ich die bedrückende Atmosphäre im Haus, da schrie sie los: »Wer unter diesen Umständen Gemütlichkeit will, gehört standrechtlich erschossen.« Die Stimmung war so auf Krawall gebürstet, daß ich einen hysterischen Lachkoller bekam, woraufhin Do mich verprügeln wollte. Jetzt muß ich malen, ja, ich muß! Am Schriftbild kannst Du erkennen, daß mir zur Zeit die Feinmotorik abgeht.
Draußen ist Mark- und Beinwetter, doch heute morgen ereilte mich ein unvermuteter Trost, als ich ein Hemdchen in meiner Reisetasche fand, das dort nicht hingehört. Der Duft war betörend, und Gerd-Rüdiger fragte, ob ich unter Drogen stünde.
Anne
P.S. Do hat sich das neuste Psycho-Werk über Eifersucht gekauft, so daß wir beim Frühstück ein Thema hatten. Wie tröstlich, daß wir uns im Netzwerk eines welt- und zeitenumspannenden Menschheitsproblems befinden. Je nach eigener momentaner Befindlichkeit sind wir mißgünstig, neidisch, bricht uns der Angstschweiß aus oder glitzern die Augen, freuen wir uns mit oder verurteilen aufs Schärfste, zweifeln wir an der organisatorischen Realisierbarkeit oder leugnen schlicht, daß dieses Problem uns betreffen könnte …
Randy Crawford singt gerade »One day I'll fly away … I make it alone when love is gone.«
Erschöpft,
Anne

Liebe Anne!
Do war hier. Kannst Du Dir den Auftritt vorstellen?
Sieh mich an, ich will dir etwas sagen! Damit du begreifst, daß ich auch noch da bin. Die Uhr soll um hundert Jahre zurücksprin-

gen. Ich fordere Dich zum Duell. Laß Deine schmutzigen Finger von Anne und verschwinde aus meinem Leben! Ich werde kämpfen, bis Du aufgibst! Mit mir gibt es kein Dreieck, niemals! Ich habe alle Deine Briefe gelesen — ekelhaft …
Ihre Stimme, die blitzenden Augen, die leidenschaftliche Gestik — es war wie in einer Verdi-Oper (und Du weißt, wie sehr ich die liebe). Fast hätte ich zu ihr gesagt: »Du bist hinreißend! Eigentlich warst Du es doch, in die ich verliebt war …«
Ich hatte mir fest vorgenommen, alles widerspruchslos über mich ergehen zu lassen — verdammte Großmut! Jetzt habe ich höllische Rückenschmerzen. Wie gern hätte ich mit ihr den Kampf aufgenommen, ihren verbrieften Pfand- und Besitzrechten meine geballte Freiheitsliebe und Abenteuerlust entgegengeschleudert. Und dann hätte ich sie geküßt — Himmel, was für abschweifende Phantasien …
Gestern war ich beim Arzt, ich habe eine Kur beantragt. Und abends war Thomas da. Es war sehr schön.
Ich weiß nicht, wie es weitergehen soll.
Gisa.

Liebe Gisa!
Do kam tief befriedigt von ihrer Reise zurück.
Ich habe mich entschlossen, zu Judith nach Irland zu gehen. In den Bergen von Connemara werde ich Feengeschichten lesen und Bilder suchen. Gebleichte Moorbirken. Grün ist die Nacht unterm Eis. Bilder, wie Fremde sie malen.
Bis nachher in sieben Jahren,
Anne

Annette Lentze

Abschied

was die wurst angeht, ist der schlachter, bei dem gregora kauft, der beste. ich selbst kaufe keine wurst mehr, schon lange nicht mehr. aber nicht wegen der tiere oder wegen gregora oder sonst wegen was, sondern weil ich einfach den geschmack dafür verloren habe. wurst reizt mich nicht mehr. ich vermute, es liegt an dem wort *wurst*. spreche ich es dreimal gedehnt hintereinander weg, löst es einen hang zur übelkeit in mir aus.

gregora ist hochgewachsen, blond mit wässrigen augen. keine schönheit eigentlich. alles an ihr ist ein wenig zu sehr kantig und spitz. aber eine seele ist sie und meine beste freundin. wenn sie lacht, kringelt sich ihr gekicher erst eine weile in ihrer kehle, bevor sie es hinauspurzeln läßt.

marlen liebt gregora und ist sehr begeistert von allem, was gregora sagt, tut und denkt. ich glaube sogar, sie liebt sie immer noch. jede bewegung, die gregora macht, ist in marlens augen genau richtig. eine mischung aus eleganz und schnodderigkeit. zumindest hat marlen das mal gesagt. ich finde die beschreibung nicht ganz unpassend. marlen selbst dagegen legt keinerlei wert auf ihr äußeres. gregora hat sie schon oft ermuntert, sie solle doch einmal versuchen, sich vorteilhafter zu kleiden, um ihrem aussehen eine angemessenheit zu geben, die sie nicht so dick wirken lasse. aber marlen weigert sich seit jahren. sie sei nun einmal so wie sie sei, ist ihr stereotypes argument, und wenn sie knallenge jeans tragen wolle, dann würde sie es auch tun. gleich, ob ihre fettpolster dabei noch mehr auffallen als ohnehin schon. sie habe bisher noch jede frau gekriegt, die sie hätte haben wollen, und das sei doch das entscheidende.

die beiden gerieten damals sehr in streit, und ich vermute, daß etwas ganz anderes ausgetragen wurde. gregora vertraute mir im nachhinein an, daß sie vor dicken menschen angst habe.

»sie verraten dich irgendwann. meistens dann, wenn du mehr an ihnen hängst, als du es je gewollt hast.«

manchmal sei es ihr, als könne es passieren, daß sie zwischen marlens brüsten ersticke. alle versuche scheiterten, gregora mit vorträgen und später mit vorwürfen zu bewegen, sich einmal genauer damit zu befassen, was sie da sagte. denn dicken menschen eile eher das gerücht von gutmütigkeit voraus als von verrat. aber gregora wollte nicht. auch die schiene ›frauenfeindlich‹ ließ sie unbeeindruckt.

aber es sind nicht nur die äußerlichkeiten, in denen marlen und gregora sich unterscheiden. so zurückhaltend marlen ist, so lebendig ist gregora. fast ungestüm kann sie manchmal werden. gehen die beiden auf ein fest und kommt marlen an dem abend gerade mal mit einer frau ins gespräch, hat gregora dagegen noch wochen damit zu tun, die vielen frauen, mit denen sie sich verabredet hat, wieder loszuwerden, zu besuchen oder säuberlich in ihr adressbüchlein einzutragen. auch ich stehe in gregoras adressbuch — in lila tinte. und daß es lila war, hat marlen so zur weißglut getrieben, daß sie mich an einem abend im sub vor allen umstehenden geohrfeigt hat. seitdem können marlen und ich gar nicht mehr miteinander. wir meiden uns, und obwohl unsere freundinnenbezüge sehr eng miteinander verwoben sind, kann ich bisher ohne probleme damit leben. in einer kleinen stadt wie itzehoe ist das aber auch nicht verwunderlich. daß die szene so ineinander verstrickt ist, meine ich. es gibt erstaunlich viele lesben, wenn ich uns auf die einwohnenden der stadt umrechne, aber wiederum nicht so viele, daß es nicht vorkommen kann, daß nicht die eine mal mit der, mit der aber die andere mal war oder es gerne wäre. bei manchen frauen hat dieser mögliche überblick über die szene dazu geführt, daß sie regelrecht verstrickungsgeil geworden sind und manche sogar so weit gehen, sich verstrickungsinszenierungen auszudenken und in die tat umzusetzen. andere fördern städteübergreifend verstrickungen und wieder andere — zu denen ich mich rechne — haben sich vorgenommen: nie mehr in itzehoe.

es kursierte eine zeitlang die frage in der szene, was ein feuerzeug und eine itzehoer lesbe miteinander gemeinsam haben. »immer wenn du denkst, es hätte grad noch zu dir gehört, hat es schon eine andere in den händen«, löste als antwort verärgerung, kopfschütteln oder grinsende genugtuung aus. je nachdem, welchen part diejenige in der itzehoer stadtszene gerade innehatte.

wie auch immer, es war die lila farbe in gregoras adressbuch, die alles ausgelöst hat und die mich dann doch kurzweilig in eine verstrickung miteinbezog, ohne daß ich es wollte. und das nur, weil gregora frauen, die sie besonders mag, mit lila tinte hineinschreibt und frauen, die ihr wohl auch wichtig sind, aber nicht in dem maß, mit blauer. damals war es zum zweiten unüberhörbaren streit zwischen gregora und marlen gekommen, bei dem gregora, bevor sie die stadt verließ, als letztes sagte: »ich hoffe, daß aus den blauen auch noch lila namen werden.« manchmal habe ich das dumpfe gefühl, gregoras hauptbeschäftigung ist es, über ihr liebesleben und ihr noch-nicht-liebesleben nachzusinnieren.

marlen und gregora hätten sich eigentlich gut ergänzt, wenn es nicht diesen haken gegeben hätte, daß marlen gregora liebte, aber gregora mich liebte und ich nun beide nicht liebte, aber dafür umso glücklicher war über die gute freundinnenschaft, die mich mit gregora verband.

ein paarmal haben gregora und ich miteinander geschlafen, wenn sich die situation ergab. zeitweise frage ich mich heute, ob gregora nicht äußerst geschickt darin ist, solche situationen entstehen zu lassen, daß es scheint, als würden sie sich ergeben. ich habe gregora in diesen nächten von einer mir bis dahin unbekannten seite kennengelernt, eine seite, die mir sehr an ihr gefällt und mich letztendlich damals mehr zu ihr hinzog, als ich es mir eingestand.

ich lasse mich nicht gerne zu anderen hinziehen. mein bedürfnis, meine wünsche und sehnsüchte zu merken und etwas dafür zu tun, ohne daß andere mich sonderlich beeinflussen, ist immens groß. lieber nehme ich es in kauf, dabei langsam, um nicht zu sagen schwerfällig zu wirken, als daß ich mich locken lasse. als ich gregora in einer minute von selbstvergessenheit erzählte, daß mich diese nächte mit ihr aufgewühlt und sehr durcheinandergebracht hätten, aber nicht unangenehm, sondern sie hätten eher eine art hochstimmung in mir ausgelöst, da lachte sie laut und schallend auf und begann heftig mit den augen zu zwinkern. augengezwinker ist ein zeichen größter zufriedenheit bei gregora. vermutlich hat sie mein geständnis nur umso mehr angespornt, sich im erfinden von geeigneten situationen für zufällige nächte kundig zu machen.

es war eine sehr schöne zeit damals.

***

nie wirst du von den breiten steinigen treppenstufen vor dem haus in der kleinen gasse genova in casavilana erfahren. dort zu sitzen, abends wenn es dunkel wird, im gelblichen licht der laterne, deren glas von geschwungenen eisenbögen eingerahmt ist, kunstvoller als ich es je straßenlaternen in solch abgelegenen dörfern in der toscana zugetraut hätte, dort zu sitzen, von zirpenden grillen umgeben und dem nur zu erahnenden rauschen des baches hinter dem haus, dem leisen windsäuseln der sich biegenden pappeln — dort zu sitzen kommt der stille gleich, die dem schweigen in mir ähnelt.

begleitet von der heiseren frauenstimme, die aus dem oberen stockwerk ab und zu laut und durchdringend mir unverständliche italienische wortfetzen herunterruft, versinke ich abend für abend in dem mich überschwemmenden meer von erinnerungen.

auch von den hoffnungen und ängsten, die vor dieser reise lagen, wirst du nie erfahren. die ängste haben sich bewahrheitet.

wie eine im versteck lauernde spinne, die ihrer beute entgegenstarrt, der sie ein nicht zu verfehlendes netz gesponnen hat, empfingen sie mich bald nach meiner ankunft. die hoffnungen stehen noch aus.

und wieder einmal, daß ich abschied von dir nehme. manchmal scheint es ein nicht enden wollender abschied zu sein, an dem ich festhalte, um dich nicht gänzlich loslassen zu müssen. immer wieder gebe ich dir raum, dich in meine gedanken einzuschleichen, lasse ich dich meine gefühle bestimmen, meine verschlossenheit und meinen argwohn. stets tauchst du in unterhaltungen auf, und oftmals bemerke ich erst im nachhinein, daß ich es wieder war, die die sprache auf dich gebracht hat, und nicht die anderen.

es gibt kein gespräch, das ich als lohnend erachte, ohne dich erwähnt zu haben. genausowenig kommt ein gespräch denen gleich, die wir führten. keine vertrautheit lasse ich entstehen, die wir hatten, kein spaß ist spaß, wie es unserer war. keine entspannung, kein ausruhen, keine wärme mehr. über die jahre bist du mein innerer maßstab geworden, an dem ich mit verbissener genauigkeit mein erleben mit anderen und mit mir messe. so halte ich uns die treue, die schon so lange nicht mehr zu halten ist, und es ist gerade diese nicht mehr zu haltende treue, die mein einziges ziel bestimmt: nie mehr übrig zu bleiben.

wiederholt fülle ich aus der bauchigen grünscherbigen flasche mein glas und trinke hastig schluck für schluck den herben säuerlichen wein. zu hastig fast, aber es ist eine wohltat, später schwer und erheitert ins bett zu sinken. hier in casavilana dringt meine alte neigung wieder hervor, dinge bis zu ihrem exzeß zu bringen. seit ein paar monaten bin ich hier und versuche mich im erlernen der italienischen sprache als einziger beschäftigung, die zu einem ergebnis führen kann, das brauchbar ist für die zukunft. immerhin habe ich vor, hier zu bleiben und nicht wieder nach deutschland zurückzugehen, schon gar nicht nach itzehoe. am liebsten würde ich itzehoe auf der landkarte überkleben, als könnte ich so alle meine erinnerungen an dich gleich mit verschwinden lassen. in itzehoe haben wir uns kennengelernt, haben wir uns geliebt und uns getrennt, alles in diesem kleinen stinkigen gottverlassenen kaff.

als du weggegangen bist von einem tag auf den anderen, mit deiner art, überraschende gedanken auch unvermutet in die tat umzusetzen, war ich erst froh, daß luise jetzt auch nichts mehr von dir hat. aber ich war nur solange froh, bis ich dich schauerlich vermißte, und das war ziemlich bald. denn nicht nur luise hatte nichts mehr von dir und hatte dich nicht in itzehoe halten können, auch ich ja nicht. und das war verdammt nochmal das schlimmste. es hat mir die kehle zugeschnürt beim atmen. was sollte ich ohne dich. alles andere war bis dahin weniger schlimm gewesen, solange es noch möglichkeiten gab. aber mit deinem weggehen wurde mir klar, daß du mich nicht mehr wolltest.

ich habe es dann auch nicht mehr in itzehoe ausgehalten, wo an jeder ecke irgendeine gehässige erinnerung hochkam. hier in casavilana beschäftigen mich zwar auch genug erinnerungen, aber sie sind fremder, eigener. sie sind nicht mehr überprüfbar an passenden cafésofaplätzen, schaufenstern und häusern. sie sind in casavilana nicht mit dir zu teilen, weil du mein leben nicht mehr kennst. hier bin nur noch ich, die sich erinnert, und vielleicht bin ich auch irgendwann die, die hier lebt. obgleich mir diese vorstellung als optimistischer luxus erscheint, den ich mir leiste, denn meine sprachliche unbegabtheit und der ausgiebige vinotröster stehen dagegen an wie zwei, die sich zusammengetan haben, um ihre kräfte an mir auszutoben.

natürlich bin ich in konkurrenz zu luise getreten. wie konnte dich das verwundern. ›gute freundin‹ hast du gesagt, wenn wir über luise und dich geredet haben, mehr sei da nicht. überhaupt war es schwierig, mit dir über luise zu reden. bis ich das mit dem adressbuch herausbekam. es war hinterhältig von mir. ich weiß, und daß du dich darüber aufgeregt hast, ist mir auch klar, aber du hattest mich angelogen, auch das mußt du sehen. kein rumgeschnüffel ist damit gerechtfertigt, aber ›gute freundin‹, daß ich nicht lache. wir waren uns zu vertraut, gregora, als daß wir uns etwas hätten vormachen können. und dann auch noch eine aus der szene! du kanntest doch den tratsch, und das, was lesbe alles tut, um dem beliebtesten gesprächsstoff beim samstäglichen treff nahrung zu geben. es hat mich erstaunt, daß du dir eingebildet hast, ich hätte nichts bemerkt. spätestens bei dem verhaltenen spöttischen zug, der in luises mundwinkeln zuckte, wußte ich bescheid. auch die innehaltenden augen der anderen, die uns die ganze zeit beobachteten und dachten, ich sei die einzige, die noch nicht wüßte, ach, wie war ich es leid. die ohrfeige, die ich luise damals gab, wäre besser in deinem gesicht gelandet. ich sehe dich noch vor mir, wie du am nächsten tag die treppenstufen zu mir hochgesprintet bist. so schnell warst du noch nie. aber für luise hast du sowieso einiges erstaunliche auf die beine gestellt.

»du weißt ja nicht mehr, was du tust!«, hast du mich angeschrieen und bist, ohne eine antwort von mir abzuwarten, davongeeilt. wochenlang habe ich den grund, daß du mich verlassen hast, in der ohrfeige gesucht. sie war die einzige erklärung, die ich verstand.

»ma cosa fai là sotto, totta sola? perche non vieni so!« die frau aus dem oberen stockwerk schaut lächelnd herunter. hat sie mich gefragt, ob ich allein lebe? wenn ich nur schon etwas mehr italienisch könnte! vielleicht hat sie mich zu sich eingeladen! verflixtes sehnen.

***

es kommt auf den abschied an, wie immer im leben. abschied nehmen ist das wichtigste und wahrhaft schwer. zumindest ihn richtig zu nehmen und auf allen ebenen. endlich hat sie es begriffen. luise atmet tief durch. sie muß sich konzentrieren, darf nicht sentimental werden jetzt. immerhin gilt es den abstand zum vorderen auto einzuhalten und rot von grün zu unterscheiden. das ist das mindeste.

du liebe zeit, wieviele jahre hat sie gebraucht, um dahinzukommen, wo sie jetzt ist. luise lacht so laut und plötzlich auf, daß sie selbst erschreckt über die stille, die zurückbleibt. nervös dreht sie am radioknopf herum. klassische musik ist gerade richtig für diesen bedeutenden augenblick. mit einer hand dirigiert sie leicht schwingend den takt.

abschied. von gegenden, menschen, von reaktionsmustern. abschied von lebensvorstellungen, bildern und rollen, in die sie sich hineingedacht und in denen sie sich so viele jahre festgesetzt hat: luise, die keine eifersucht kennt. luise, die verlassen wird und es positiv sieht. keine wehmut, keine verletzungen. zu lange hat sie versucht, das, was mit ihr geschieht und was sie erlebt, als bereicherung zu sehen. darüber hat sie den schmerz vergessen, ihn einfach nicht gespürt und sich nie richtig verabschiedet.

»es wird eine zeit kommen, da werdet ihr euch kennen, und es wird eine zeit kommen, da werdet ihr nicht mehr wissen, wie alles geschah«, hatte marlens italienische freundin gesagt, »denn die erinnerungen werden sich im verborgenen wiederholen, an anderen orten, mit anderen menschen. die verlassene wird die sein, die verläßt, und sie wird staunen und es nicht fassen, weil sie dachte, es sei leichter. und die gegangen ist, wird verlassen werden und sich fragen, wie es geschehen konnte.«

luise träumt sich nach hause in ihre sofaecke. füße hoch und ein letztes mal auf marlen trinken. ach, marlen. sie wird sie bald wieder besuchen. casavilana ist ein schönes, lohnenswertes dorf. die ersten tage nach ihrer ankunft in italien hatte marlen keine notiz von ihr genommen, dann sind sie doch noch gute freundinnen geworden.

luises direkte art hatte marlen all ihren wind aus den segeln geweht. »worüber du nicht reden kannst, das setzt sich in deinem körper fest und wird ihn später von innen zerfressen. du siehst mir so aus, als seist du schon gehörig angeknabbert.«

da hatte marlen zum ersten mal gelächelt.

an den langen abenden erzählten sie sich ihre geschichten, und in der darauffolgenden zeit zeigte marlen luise die umgebung und machte sie im dorf bekannt. luise wollte bald selbst nicht mehr fort. sie begann sich ihre zukunft in casavilana auszumalen, bis sie einsah, daß ihr das land mit seinen gewohnheiten nicht lag. hinter jeder geste, mit der andere auf sie zukamen, vermutete sie ein abgecheckt werden, was zwei frauen wohl in diese gegend verschlagen mochte. marlen lachte darüber, aber luise nahm es sich zu herzen. gerade in italien steht die familie hoch im kurs. und auch wegen marlen fährt sie zurück. das hätte sie nie gedacht, daß sie sich in marlen verlieben würde. luise versucht, sich wieder auf den verkehr zu konzentrieren. sie will vieles in der zukunft ändern. genauer hinsehen und das tun, was ihr entspricht. zumindest möglichst nah dran. kinder hatte sie haben wollen und einen mann, einen vater für die kinder. ja, tatsächlich, sie luise und eine familie. deswegen vielleicht auch die empfindlichkeit in italien. uneingestandene wünsche. sie würde es keiner aus der szene erzählen. nie. sie würden sie auslachen oder mitleidig grinsen.

»das ist doch die chance, die du als lesbe hast, aus allen rollenklischees auszubrechen!«

tolle chance, wenn du darüber vergißt, woran du trotzdem gehangen hast und was verloren geht. marlen hat sie es erzählt. marlen hat auch nicht gelacht, sie hat sie verstanden und nachgefragt. auf ihr erstaunen darüber hatte marlen nur gesagt: »wenn du selbst weißt, was du willst und kannst, ist es auch leichter, andere zu akzeptieren, wie sie es machen.«

luise schüttelt leicht den kopf über sich. warum hat sie sich all die jahre so wenig um sich gesorgt? war es schutz gewesen? abwehr aus schutz? notwendigkeit, raum zu haben, um sich nach dem coming out in ihrem eigenen, ihr entsprechenden leben einzurichten? oder war sie tatsächlich noch gar nicht bis zum coming out durchgedrungen und hat immer vorzeitig die kurve gekratzt? das hatte marlen sie gefragt, und luise war ihr die antwort schuldig geblieben. alle in itzehoe gingen davon aus, daß sie lesbisch sei. ist das nicht schon coming out? ist es ihr zuviel geworden, an allen ecken und enden gleichzeitig veränderungen zu verarbeiten und deutlich zu machen? denn sie ist nicht die, die sich eine dicke haut wachsen lassen kann, so mir nichts dir nichts schon gar nicht.

als luise das itzehoer stadtzentrum erreicht, lenkt sie den wagen doch nicht in richtung wohnung. sie will lieber noch im sub reinschauen, bevor sie sich in der leeren wohnung an diesem abend die decke auf den kopf fallen läßt. allein sein ist ebenso wie abschiednehmen nicht ihre starke seite.

winkend grüßt sie die frauen, die an der theke stehen, setzt sich aber etwas abseits an einen ecktisch. ein klein wenig ruhe braucht sie noch.

marlen hat es geschafft. im grunde hat sie es schon immer geschafft. auf irgendeine weise immer. auch die ohrfeige, die luise damals von marlen kassiert hatte, war ein zeichen, daß marlen auf das reagierte, was sie wollte, aber nicht kriegen konnte. luise selbst neigte dazu, ihre wünsche zu vergessen. wahrscheinlich war sie schon damals in marlen verliebt gewesen und hatte es sich nicht eingestanden, weil da gregora war. ach, wie kompliziert. letztendlich hat sie marlen in italien besucht und nicht gregora in berlin, was viel einfacher gewesen wäre.

»oh, hallo, luise, das ist ja schön, daß ich dich hier treffe!«

luise schreckt hoch: »gregora«, stammelt sie, »was machst du hier in itzehoe? ich denke, du bist in berlin?«

»ich habe gehofft, marlen hier zu treffen, und ein paar frauen wollte ich auch wiedersehen, dich zum beispiel. wir haben so lange nichts voneinander gehört, luise!«

»ja, das stimmt allerdings, aber du weißt doch, ich telefoniere und schreibe nicht so gern.«

gregora grinst: »weißt du, was marlen so macht? die frauen hier haben sie alle lange nicht mehr gesehen. keine weiß, wo sie ist.«

»marlen ist in italien, schon lange, gregora. ich habe sie besucht. beinahe wäre ich sogar geblieben.«

»du hast sie besucht?« sichtlich überrascht streicht sich gregora hastig ihr haar aus der stirn. luise lacht leicht, sie wird nervöser.

»und wie ist es dir ergangen, gregora?«

»ja, luise, erzähl doch erstmal wie es in italien war, was macht marlen dort?«

»marlen geht es gut. sie hat eine neue freundin, italienerin. wohnt einen stock über marlen. vielleicht war das auch der grund, warum ich zurückgefahren bin.«

»wieso der grund? war denn was zwischen dir und marlen?«

»vielleicht war was, gregora, vielleicht auch nicht. ich mag nicht drüber reden. zumindest ist italien für mich der ort, an dem ich einiges mit mir klar bekommen habe.«

»tja, ist schon in ordnung, luise. ich bin augenblicklich etwas durch den wind. ich wollte nur mal reinschauen und ein paar vertraute gesichter sehen.«

»du hast dich wohl in berlin wieder ins beziehungschaos gestürzt, he?«

»zumindest ist es nicht ganz so einfach.«

»ich geh nach hause, gregora, ich brauche heute nacht meinen schlaf.«

»ciao dann, luise, vielleicht sehen wir uns ja mal wieder.«

»ciao, ciao« sagt luise und verschwindet. sie wird sich doch ihren italienabschluß nicht von gregora zerreden lassen. ›heute nicht‹, denkt sie und freut sich auf ihre sofaecke und die flasche wein aus italien, die ihr marlen mitgegeben hat.

Ursula Karnilovich

Die vertane Chance

Von draußen drang die Stille in ihr schläfriges Bewußtsein, und die fehlenden Morgengeräusche ließen sie beinahe aufschrecken. Durch den hellhörigen Halbschlaf merkte sie, daß die Angst wiederkam. Sie versuchte, langsam und tief durchzuatmen, doch irgend etwas schien schon wieder ihren Brustkorb fest umklammert zu haben. Wenn sie jetzt — sofort — aufstehen würde, wäre die Angst dann gebannt?

Aber sie konnte nicht aufstehen, ihr Körper war wie gelähmt. Sie spürte das Ziehen in der Magengegend, dumpf und unregelmäßig, das stärker wurde, sich ausbreitete und sich in eine siedend heiße Flüssigkeit verwandelte, die durch ihren Körper sickerte. Ihr Herz begann sein heftiges Klopfen, wurde zum Pochen, dann zum Hämmern, schien momentan stillzustehen. Schweiß brach aus allen Poren. Das Herzklopfen setzte erneut und stärker ein. Sie versuchte die körperlichen Vorgänge zu ignorieren, sich auf etwas Alltägliches, Greifbares zu konzentrieren.

Der wievielte Tag war es heute? War es der vierte oder fünfte Tag? Wenn es der fünfte Tag wäre, könnte sie vielleicht die Fenster für einen kurzen Augenblick öffnen. Sie hätte es nie für möglich gehalten, daß sie die vergangenen Tage nicht mehr auseinanderhalten konnte! Sie fing an zu weinen, als sie an den Tod ihrer Vögel dachte, die am zweiten Tag gestorben waren. Sie wollte schreien, konnte aber nur weinen, leise schluchzend, mit geschlossenen Augen und offenem Mund. Sie glaubte zu ersticken, als sie die Übelkeit hochkommen fühlte. Sie rollte sich vorsichtig erst auf die rechte Seite, dann auf die linke, aber es half nicht, sie schmeckte den Brechreiz auf der Zunge. Sie richtete sich auf, hielt sich am Bettrand fest, um nicht nach vorn zu fallen, stand auf, unsicher und schwankend, lief ins Badezimmer und erbrach sich ins Waschbecken. Sie schöpfte zwei Kellen Wasser aus der Badewanne, die halbvoll war, und goß das Wasser langsam in das Waschbecken. Sie fing an zu zittern und ließ sich wimmernd auf die Toilette fallen. Sie sackte in sich zusammen, ihr feuchtes Gesicht landete auf den Knien, und die Arme hingen schlaff zur Seite. Sie blieb in dieser Stellung, regungslos.

Sie wußte, daß sie nicht zusammenhängend denken konnte. Seit Tagen fühlte sie eine Leere im Kopf, die sie hilflos ihrem inneren Chaos auslieferte. Sie bemühte sich verzweifelt, den Anfang zu finden in dem Wirrwarr von erlebten und geträumten Ereignissen. Aber sie war machtlos, wenn die entsetzlichen Bilder auftauchten und verschwanden; wenn sie eine Männerstimme Befehle geben hörte und sich selbst sah, fieberhaft und gehorsam, diese Befehle ausführend. Wie war es dazu gekommen? Wie hatte es angefangen?

Es hatte angefangen wie jeder andere Wochentag: Sie hatte bis 7.30 Uhr geschlafen, hatte Kaffeewasser aufgesetzt, sich geduscht, hatte sich Kaffee eingegossen, die Tasse ins Schlafzimmer mitgenommen und auf den Frisiertisch gestellt. Sie hatte die Balkontür geöffnet, um zu lüften, und hatte sich über den wolkenlosen, hellblauen Sommerhimmel gefreut. Sie hatte die Wellensittiche abgedeckt und liebevoll begrüßt. Sie hatte das Radio angedreht und hörte einen sirenenartigen Ton mit Zwischentönen von ohrenbetäubender Frequenz. Sie hatte einen leichten Druck im Magen verspürt. Sie hatte den Sender gewechselt und fand auf der gesamten Skala diese Töne. Sie hatte gedacht (gehofft?), ihr Radio wäre defekt. Sie hatte die abrupte Abwesenheit der schrillen Töne wahrgenommen, gleichzeitig mit dem verstärkten Druck im Magen. Sie hatte versucht der Männerstimme zuzuhören, als sie zu sprechen begann, aber nach ihren ersten Worten war sie nicht mehr in der Lage gewesen, der nüchternen Stimme zu folgen. Nur ein Satz blieb hängen: »Das Fernsprechnetz ist für den zivilen Gebrauch gesperrt.« Sie wehrte sich gegen diesen Satz, wollte ihn abschütteln, loswerden, ungedacht verschwinden lassen. Das Fernsprechnetz ist für den zivilen Gebrauch gesperrt, wiederholte sie laut und deutlich. Im Spiegel sah sie sich am Frisiertisch sitzen, blaß und noch ungeschminkt, und versuchte dem verstörten Blick ihrer Augen zu entnehmen, wie sie sich fortan zu verhalten habe. Sie starrte sich an und sah, wie ihr Kinn anfing zu wackeln und ihre Lippen zu zucken begannen. Sie hörte sich jammern bei der Vorstellung, daß sie ihre Freundin nicht mehr anrufen konnte. Der Druck im Magen wurde unerträglich. Sie erinnerte sich an eine Radiosendung in Amerika, von Orson Welles, in den fünfziger Jahren, die so realistisch war, daß die Menschen damals in Panik aus ihren Wohnungen und Häusern flüchteten, weil sie überzeugt waren, daß Amerika von den Bewohnern eines anderen Planeten angegriffen wurde. Sie glaubte (halbherzig?), eine Erklärung gefunden zu haben. Sie lief ins Wohnzimmer, blieb unentschlossen vor dem Telefon stehen und nahm den Hörer behutsam ab. Totenstille. Sie ließ sich in den Sessel fallen, der neben dem Telefontischchen stand. In der Ecke sah sie den Fernseher stehen. Sie stand wieder auf, um ihn anzudrehen. Auf dem Bildschirm erschien ein Mann, hinter einem großen Schreibtisch sitzend, sein Gesichtsausdruck war sehr ernst und seine Stimme leicht besorgt, doch kühl. Der Inhalt seiner Worte blieb für sie unverständlich. Der Druck im Magen schien zu explodieren.

Sie rannte auf den Balkon und sah gegenüber den Hausmeister mit dem Rasenmäher hantieren. An der Ecke standen zwei alte Frauen im angeregten Gespräch. Von rechts konnte sie den Briefträger kommen sehen. Von weitem hörte sie eine Lautsprecherdurchsage, die durch das Aufheulen der Sirene am Rathaus übertönt wurde. Direkt gegenüber ging ein Fenster auf, eine Frau brüllte hemmungslos, ihre Arme ruderten durch die Luft. Plötzlich wurden mehrere Fenster aufgerissen, Menschen schrien, gestikulierten, weinten. Der Hausmeister lief ins Haus. Die alten

Frauen trennten sich zögernd. Ein Polizeiauto bog von links in die Straße, die Gesichter der Polizisten waren bleich und unbeweglich. Sie beobachtete eine Frau mit einem kleinen Kind auf dem Arm, die versuchte, neben dem langsam fahrenden Polizeiauto mitzulaufen. Sie sah ein junges Mädchen in Jeans, ohne Schuhe, laut heulend aus dem gegenüberliegenden Haus rennen.

Sie hatte das Gefühl, daß sie nur Zuschauerin war, daß die Vorgänge auf der Straße nichts mit ihr zu tun hatten. Sie schienen auf einer Bühne stattzufinden, in Zeitlupe, hinter einem durchsichtigen Vorhang. Sie bemühte sich, einen Halt zu finden an einer gewohnten Wirklichkeit, und sie versuchte sich vorzustellen, wie sich an diesem Morgen der Tagesanfang bei ihrer Freundin abspielen würde. Sie war vor einer Woche zur Kur gefahren, erleichtert, daß es nun endlich soweit war, aber auch etwas bedrückt, da sie nun für vier Wochen getrennt sein würden. Sie holte sich den Abschied auf dem Bahnhof zurück in ihr Gedächtnis und sah, wie sie sich umarmten und miteinander lachten und sich abwechselnd trösteten, daß die Zeit schnell vergehen würde, da sie täglich telefonieren würden. Plötzlich stiegen ganz alte, vergessene Bilder in ihr auf; es war wie ein Kaleidoskop, anstelle von Farben und Formen war sie umgeben von Empfindungen und Gefühlen. Sie ließ sich hineinfallen, schloß die Augen und lehnte sich an die Balkonwand.

Sie waren über zwanzig Jahre zusammen. Es hatte mit einer soliden Freundschaft angefangen. Dann hatte sie, aus beruflichen Gründen, die Stadt verlassen wollen, und dieser Umstand hatte bei ihrer Freundin Panik ausgelöst, die dazu führte, daß sie sich ihre gegenseitige Liebe eingestehen konnten. Es wurde eine Lebenspartnerschaft, eine Liebesbeziehung, die ihr starkes Zusammengehörigkeitsgefühl und ihre Energie aus dem alltäglichen Zusammenleben nahm. Sie hatten so ziemlich alles geteilt, was Menschen in einem Leben erfahren müssen: Trauer, Freude, Hoffnung, auch Schmerz und Leid durch Krankheit, aber stets blieb das außergewöhnliche Verständnis für einander. Sie waren sich nie im Wege gewesen, eine half der anderen, wenn schwierige Situationen sich entwickelten. Sie hatten großes Glück gehabt, daß Probleme »gleichmäßig verteilt« waren — eine von ihnen war immer in der Lage, zu stützen und zu helfen. Sie lachte leise bei dem Gedanken, wie unbeholfen sie beide waren in ihrer ersten intimen Begegnung! Mitten im Lachen hielt sie inne, ein Ausdruck von unsäglicher Wehmut breitete sich über ihr Gesicht aus — diese Bilder hatten nichts Tröstliches für sie, ganz im Gegenteil, sie lösten eine unbeschreibliche Traurigkeit in ihr aus. Sie spürte eine unbekannte Angst in sich aufsteigen, ein Würgen, daß ihr fast die Kehle zuschnürte — aber sie wollte mitschreien, mitweinen, laut und unbeherrscht, mitrennen, weit weg — doch wohin?

Sie öffnete ihre Augen und ging ins Zimmer, ohne auch nur noch einen Blick auf die Straße zu werfen. Sie schloß die Balkontür und ging mit schleppenden Schritten auf die Couch zu und setzte sich. Sie konnte den Lärm von draußen nur noch undeutlich hören. Der Fernseher lief noch.

So hatte es angefangen.

Sie hob ihr Gesicht von den Knien und kam allmählich wieder in Bewegung.

Annette Laun

Und wenn sie nicht gestorben wär'n ...

Eine Fantasie über
Paula Modersohn-Becker (1876 - 1907)
und ihre Freundin
Clara Rilke-Westhoff (1878 - 1954)

»Sammeln Sie schon wieder Fusseln vom Teppich, Clara?«

Die alte Frau in dem bekleckstem Malerkittel strich sich eine weiße Haarsträhne, die aus ihrem Knoten gerutscht war, aus dem Gesicht und lachte fröhlich mit zahnlosem Mund. »Warum nehmen Sie nicht den Staubsauger oder lassen es ganz bleiben?«

Sie tauchte den breiten, weichen Pinsel wieder in die Blechdose, die auf einem Schemel neben ihr stand, und fuhr fort, die auf einen Rahmen gespannte Leinwand zu grundieren.

Ihre Freundin richtete sich aus ihrer gebückten Haltung zu recht beachtlicher Größe auf.

»Ach, das lohnt sich nicht. Die paar Flusen habe ich schnell aufgehoben. Passen Sie auf, daß Sie mit der Farbe auf den Zeitungen bleiben, die geht so schlecht ab vom Parkett.« Sie kam näher und bückte sich noch einmal. »Was denn, haben Sie etwa die heutige Zeitung dazu genommen, Paula? Die hatte ich doch noch gar nicht ausgelesen!« Sie runzelte die Stirn und stemmte ihre kräftigen Fäuste in die Hüften.

Paula lachte wieder und funkelte sie mit ihren braunen Augen an, die fast zu groß geraten schienen für ihr zierliches, von feinen Fältchen durchzogenes Gesicht.

»Warum schimpfen Sie denn heute dauernd mit mir? Ist Ihnen eine Laus über die Leber gelaufen?«

Sie drehte sich zu dem Tisch mit den Bocksfüßen um, der am Fenster stand, nahm aus der Vase eine gelbe Rose, drückte einen Kuß darauf und überreichte sie Clara mit schwungvoller Gebärde und vollendetem Hofknicks.

»Lassen Sie mich eine Gabe der Versöhnung darbieten und glätten Sie die gestrengen Falten auf Ihrer schönen Stirne!«

»Sie werden gleich wieder Ihr Ischias spüren, wenn Sie so herumturnen« brummelte Clara, aber in ihrem großen, kantigen Gesicht zuckte es verdächtig.

Paula steckte ihr die Rose in ein Knopfloch ihrer etwas schmierigen Kittelschürze, trat ein paar Schritte zurück und prüfte das Bild, das sich ihr bot, mit zusammengekniffenen Augen. Clara verschränkte die Arme über der Brust und bemühte sich, grimmig dreinzuschauen. Wie ein Wiesel rannte Paula einmal um sie herum, schnappte sich unterwegs Block und Zeichenstift von einem Stuhl und rief: »Bleiben Sie so, Clara, bleiben Sie!«

Ihre Freundin stöhnte. »Erstens habe ich jetzt gar keine Zeit. Ich muß noch mit dem Fahrrad zum Konsum fahren und für morgen einkaufen, wir haben nämlich nichts mehr zu essen im Haus. Zweitens kommt heute nachmittag Frau Drees zum Modellstehen, damit ich endlich an der Gruppe ›Drei Frauen‹ weiterarbeiten kann. Und drittens ...«

»Drittens habe ich jetzt endlich eine Fortsetzung gefunden!« meinte Paula trocken, während sie eifrig kritzelte.

»Was für eine Fortsetzung?«

»Eine Fortsetzung des ›Bildnisses Clara Rilke-Westhoff‹.«

»Meinen Sie etwa das von neunzehnhundertfünf? Das mit der Rose?«

»Ja, genau das.« Paula kniff wieder ein Auge zusammen und legte den Kopf schräg. Aus ihrem Haarknoten hatten sich noch mehr Strähnen gelöst, die ihr bis auf die Schultern fielen, aber das merkte sie nicht.

»Aber das ist sechzig Jahre her! Damals war ich eine junge Frau. Ein ganz anderer Mensch. Eine Fremde, die ... die es nicht mehr gibt ...« Der Rest des Satzes verlor sich in unverständlichem Murmeln.

Paula schüttelte den Kopf, daß die weißen Haare flogen. »Unsinn«, sagte sie und ließ den Bleistift sinken. »Da steckt sie noch drin« — sie tippte Clara auf die breite Brust — »und da auch« — sie wies mit dem Daumen auf ihre eigene. »Nur das Verletzte, die Abwehr ... das hat etwas anderem Platz gemacht. Einer Art von ruhigem Wissen. Aber der Trotz ist noch da«, und sie lachte wieder. »Und Sie sehen noch immer aus wie Gulliver auf Reisen. Wie eine Riesin, die man in ein Zwergenreich versetzt hat, und die sich wundert, wie klein und eng diese Welt ist.«

Verschmitzt schaute sie ihrer Freundin ins Gesicht. Die weißen Haare standen ihr um den Kopf wie ein Strahlenkranz. Oder wie die Schlangen einer gealterten Medusa. Clara warf einen Blick auf die Skizze. Da stand eine Frau, groß und ungeschlacht, zwischen Puppenstubenmöbeln und angedeuteten kleinen, zwischen ihren breitgestellten Beinen herumwuselnden Wesen. Sie starrte eine Weile auf das Blatt, dann begannen ihre Schultern zu zucken. Ein mächtiges, falstaffsches Gelächter grollte aus ihrem Bauch herauf, erschütterte ihren ganzen Oberkörper, ließ sie den Kopf zurückwerfen, trieb ihr die Tränen in die Augen und brachte die Gläser in der Vitrine zum Klirren. Paulas gurrendes Lachen fiel mit ein, und für eine Weile schien die Welt nur aus Gelächter zu bestehen.

»Hören Sie auf«, keuchte Paula endlich. »Sonst rufen die Nachbarn noch die Feuerwehr an. Sie halten uns sowieso für nicht mehr ganz zurechnungsfähig.« Sie drehte sich um und hob die Leinwand von der Staffelei. »Erinnern Sie sich noch an den Sommer, als wir aus Paris zurückkamen und die ganzen umwerfenden Eindrücke der vergangenen Monate noch in uns rumorten?«

»Und wir auf die Schnapsidee kamen, sie mit Hilfe der Kirchenglocken ausklingen zu lassen«, unterbrach Clara und wedelte mit einem Staubtuch über die Fensterbank, nachdem sie einen mit Blumenerde gefüllten Schuh, ein Gebiß und eine Zuckerdose in

Form einer Dame mit Reifrock und Schäferhut beiseitegeschoben hatte. Die aufsteigenden Staubwolken brachten sie zum Niesen.

»Ich wußte ja nicht einmal, wie man das richtig macht« rief Paula und stellte ein paar an der Wand lehnende Bilder zur Seite. »Ich habe nur krampfhaft das Glockenseil festgehalten.«

»Deshalb sind Sie auch mit Ihrem weißen Kleid wie ein Engel an mir vorbei in die Lüfte geschwebt«, bemerkte Clara, während sie sich die Nase putzte. »Oder wie ein Turmgespenst. Ich möchte wissen, was der Küster im ersten Moment gedacht hat, als er die Treppe heraufgestürzt kam.«

»Und dann lief das halbe Dorf zusammen, und die Pferde mit dem Spritzenwagen wurden gebracht, weil alle dachten, es hätte Feueralarm gegeben!« Paulas verknitterte Wangen glühten begeistert. »Die gute Frau Brünjes hat solche Ängste ausgestanden, daß ich dafür eingesperrt werde. ›De Grote, de kann dat af, aber us Fräulein, de holt sick en Krankheit in Loch‹, hat sie gesagt.«

»Dabei sind Sie zäher, als Sie aussehen«, seufzte Clara und reckte sich.

»Muß ich doch sein«, meinte Paula und schob mit dem Fuß eine leere Farbtube fort. »Sonst hätten wir zwei es nicht so lange ausgehalten.«

»›Wir haben im Grunde nur dazusein, aber schlicht, aber inständig wie die Erde da ist, den Jahreszeiten zustimmend, hell und dunkel und ganz im Raum‹«, murmelte Clara gedankenverloren, das Staubtuch noch in der Hand.

Paula lächelte. »Das war Rilke, nicht wahr? Nun, recht gehabt hat er. Er hat eigentlich oft recht gehabt, mit seiner Kunst jedenfalls. In den Niederungen des praktischen Lebens weniger. Aber ich wollte Ihnen nicht wehtun«, fügte sie schnell hinzu, als sie den Schatten auf dem Gesicht ihrer Freundin bemerkte.

Clara warf das Staubtuch in die Ecke und setzte sich vorsichtig auf einen der Stühle mit den geschnitzten und bemalten Mohnblumen an der Rückenlehne, so als hätte sie Angst, er könnte unter ihr zusammenbrechen.

»Da haben Sie es leichter gehabt, Paula. Ich weiß, es ist Ihnen nicht leicht gefallen, sich von Otto zu trennen und unter Ihr bisheriges Leben einen Schlußstrich zu ziehen; aber wenn Sie etwas getan haben, haben Sie es ganz getan. Sie waren immer ganz Sie selbst. Aber in mir saß Rilke drin, noch lange nach seinem Tod, jahrzehntelang noch. Und wer immer auch zu mir kam, nach ein paar oder auch vielen freundlichen Worten über meine Skulpturen und Plastiken kam die unvermeidliche Frage: ›Was hat Rilke denn damals ...‹. Eine Zeitlang hätte ich sie am liebsten alle hinausgeworfen. Erst als ich älter wurde, hat sich der Schmerz und die Wut gelegt. Eigentlich«, und sie hob den Kopf mit den kurzen grauen Haaren und sah Paula an, »hat Altwerden viele Vorteile, finden Sie nicht? Man kann vieles gelassener sehen und genießt außerdem noch eine Art Narrenfreiheit.« In ihren Augen blitzte ein kleiner Funken auf.

Paula ging zu ihr hinüber und legte ihr beide Arme um den Hals. »Ich würde so gerne noch einmal mit Ihnen eine Kahnfahrt auf der Hamme machen«, flüsterte sie an ihrem Ohr. »Sie staken uns flußaufwärts, stundenlang. Und dann baden wir und stecken uns gegenseitig gelbe Wasserrosen ins Haar und fühlen uns wie römische Nymphen oder griechische Dichterinnen.«

Clara drehte den Kopf etwas und lächelte. »Und dann muß ich Sie aus dem Wasser ziehen, weil Ihr Herz das nicht mehr mitmacht.«

»Seien Sie doch nicht so schrecklich prosaisch!« rief Paula ärgerlich und sprang auf. »Sonst verlange ich auf der Stelle die Trennung von Tisch und Bett!«

Clara grinste. Auf dem Weg zur Tür hob sie eine halbvolle Kaffeetasse vom Boden auf, über die sie fast gestolpert wäre. »Was malen Sie als nächstes?« fragte sie über die Schulter.

»Ein Selbstbildnis«, entgegnete Paula und prüfte, wie weit die grundierte Leinwand schon getrocknet war. »Halb- oder Ganzakt, ich weiß noch nicht genau. Mit Engelfratzen und Dämonenantlitzen als Hintergrund.«

Ursula Felton

»Und Kinder wachsen auf mit tiefen Augen«

Leider haben sie den Schulpark verändert, vertraute Bäume abgesägt, als hätten die großen Kastanien nie dort gestanden. Wenn man sich niemals verzweifelt oder glücklich gegen ihren rauhen Stamm gelehnt hat, wird man sie sicher nicht vermissen. An einigen Stellen noch Stümpfe wie traurige Mahnmale. Ein häßliches Gebäude haben sie genau an der Stelle hochgezogen, wo wir früher immer unsere Pausenbrote gegessen und Kakao aus Pappbechern getrunken haben. Kalten Kakao, mit gelben oder blauen Plastikhalmen, oder heißen, der uns die Zungenspitzen verbrannte und verdächtig nach Wasser schmeckte. Damals hatten sie gerade einen neuen Apparat aufgehängt, an dem wir uns für wenig Geld selbst die Getränke ziehen konnten. Aber gelegentlich vermischte er alles. Suppenmilchkaffee, Kakaosuppe, erinnerst du dich? Oder wie wir uns flüsternd über Filmstars und neue Schlager unterhalten haben? Heimlich die Bravos seziert haben, damit unsere Mütter sie akzeptierten. Die Seiten mit dem Frauenarzt haben wir immer herausgetrennt. Später haben wir über Discos und Jungen gesprochen. Immer die schwarzen Schatten der Schwestern in der Nähe und das schlechte Gewissen im Nacken. Warum eigentlich? Du hattest doch damals einen Freund, sagst du. Was ist aus ihm geworden? Keine Ahnung, höre ich mich antworten, ich habe ihn seit vierzehn Jahren nicht mehr gesehen.

Zwischen den Linden und Kastanien steht noch immer das alte Physikhaus. Gedankenversunken, mit trüben, tiefliegenden Fenstern. Fehlen nur noch die vertrauten Kindergesichter hinter den Scheiben. Wie schön haben die Bäume früher geduftet, weißt du noch, wie klebrig ihre feinen Blättchen an unseren Schuhsohlen hingen und an den nassen Schuhspitzen nach dem Regen. Wovon hast du damals geträumt?

Du bist neben mir, mehr als fünfzehn Jahre älter als bei unserem letzten Treffen, der Abiturfeier. Als wir Abschied voneinander nahmen, ohne Bedauern, denn die Welt stand uns offen. Nur weg aus der Enge, von den Eltern, aus dem Klassendumpf, dem Bohnerwachsgeruch, der auch jetzt noch in den Gängen hängt. Klosterschulen haben einen eigenen Geruch, der mich heute traurig macht, weil er Erinnerungen weckt. Die Sehnsucht nach der verlorenen Geborgenheit? Ganz unabhängig wollten wir sein und ganz neu anfangen.

Dein Gesicht habe ich eben fast nicht erkannt, aber dein zaghaftes, verlegenes Lächeln, die feingesponnene Erinnerung an ein braungebranntes, fröhliches Kindergesicht. Deinen Mund erkenne ich wieder, den großen weichen Mund mit dem winzigen Muttermal am Lippenbogen. Und die schweren Augenlider der erwachsenen Frau. Das Kind war wild und stark, breite Schultern, beim Schwimmen trugst du einen blauen Badeanzug. Irgendwann bist du anders geworden, aber ich muß weit weg gewesen sein, als es passiert ist. Du bist ruhig geworden, eine ernste Frau, Mutter von mehreren Kindern, berufstätige Ehefrau. Trägst du eine Maske vor der Welt? Ich spüre, daß du dich dahinter aufbäumst. Aber vielleicht irre ich mich auch. Ich habe nur plötzlich Angst, daß du unglücklich geworden bist. Damals haben wir einander alles erzählt, gemeinsam die Schule geschwänzt, unsere erste Zigarette geraucht, hinten im Park, weißt du noch? Haben bei allen Klassenfahrten nebeneinander gesessen und bei den Arbeiten voneinander abgeschrieben. Gemeinsam unsere verpatzte Physikarbeit in Fetzen gerissen und in die Kloschüssel geworfen. Ich habe es meinen Eltern nie erzählt. Du auch nicht, sagst du?

Du sprichst schnell und leise, als hättest du Angst, daß uns jemand hört. Ich schweige, stelle ab und zu Zwischenfragen. Ich höre dir so gern zu, bin so froh, daß ich dich endlich wiedergefunden habe. Ein kleiner Kreis in meinem Leben, der sich nach langer Abwesenheit schließt. Der offen geblieben war und geschmerzt hat, ohne daß ich gewußt habe, was mir gefehlt hat. An einem Herbsttag finde ich dich hier im Park. Wie ich diese Jahreszeit liebe mit ihren satten Farben. Dem weichen Braun, dem Ocker, leuchtenden Goldgelb, dem Blätterrot vor verhangenem Himmel. Die Blätter fallen wie von weit. Deine malvenfarbene Bluse ist bis hoch am Hals zugeknöpft, als möchtest du nicht, daß jemand dir zu nahe kommt. Du hast dich in dich selbst zurückgezogen.

Ob ich eine Freundin habe, fragst du. Nein, antworte ich, keine wie dich damals. Eine richtige Freundin schon seit langem nicht mehr. Und ich denke daran, wie einfach es war, als wir noch Kinder waren. Und wie selbstverständlich es schien, als wir es noch mit Händen greifen konnten. Du hast kleine blaue Spangen im Haar, hast es dir hochgesteckt.

Hast du nicht früher eine Brille getragen? Stimmt, sagst du. Jetzt habe ich Kontaktlinsen. Du hast so schöne Augen. My mistress' eyes are nothing like the sun. Shakespeare hat sich geirrt. Ich bin nicht nahe genug, um ihre Farbe zu erkennen. Sie könnten schieferblau sein. Ganz leuchtend und groß sind sie. Ich würde gern für einen Moment den Schleier vom Himmel ziehen. Du hast deinen Namen geändert, ich habe den neuen Namen gehört, aber ich wollte ihn mir nicht merken, weil er nicht zu dir paßt. Wie heißt du jetzt? Schirmer, sagst du. Ungewohnt, nicht?

Eine Gruppe ehemaliger Mitschülerinnen kommt zu uns. Fast alle heißen jetzt anders und stellen sich vorsichtshalber mit beiden Namen vor. Von vielen kenne ich nur noch die Vornamen. Auf keinen Fall darf man sie mit den Kindernamen anreden, die uns aber allen noch auf der Zunge liegen. Man merkt es, wenn wir uns nach den Abwesenden erkundigen. Und wo ist Mechti? Ist Doro denn nicht gekommen? Habt ihr noch Kontakt zu Jane? Natürlich heißt Jane inzwischen Johanna, denn sie ist erwachsen geworden und würde bereitwillig die Fotos ihrer Kinder herumzeigen, wenn sie hier wäre. Alle haben kleine Fotos mitgebracht. Bis auf mich. Soll ich ihnen meine Katzen vorführen? Hast du denn keine Kinder? Nein, sage ich. Mein Leben ist kompliziert genug. Und hättest du denn gern welche? Manchmal sehr gern, gestehe ich. Aber es geht eben nicht. Dann fängt es an. Mein Mann ist Physiker. Meiner Lehrer. Und meiner Arzt. Ich bin geschieden, sagen andere. Ich habe vier Kinder. Eine hat sogar sechs. Ich staune. Warum bist du denn nicht verheiratet? Ach, das würde zu weit führen, sage ich. Ich liebe eben die Unabhängigkeit. Ich könnte auch meinen Namen nicht ändern, nie könnte ich das.

Während ich mit den anderen rede, stehst du abseits. Es rührt mich, daß du auf mich wartest. Ich glaube fast, daß du meine Gedanken kennst. Deine Stimme hat einen fremden Klang bekommen, ist höher, klingt nach Norden. Du lebst am Meer, sagst du. Bist du es wirklich, hinter dieser Stirn, hinter dieser Stimme? Ich möchte dich fotografieren. Lieber nicht, sagst du, ich bin doch nicht fotogen, aber ich tue es trotzdem und bin froh, daß ich dich so mit nach Hause nehmen kann, dein helles Gesicht unter dem Laubhimmel. Ganz für mich allein werde ich dich später ansehen, ohne daß du es merkst. Wie dünn du bist, viel zu dünn, man kann dich fast zerbrechen. Beim Reden bewegst du deine langen, schlanken Hände. Ich will dir sagen, wie schön ich dich finde, aber du würdest es nicht verstehen. Außerdem traue ich mich nicht, und da kommen auch die anderen schon wieder. Was steht ihr denn hier noch so allein unter den Bäumen? Ich mache von allen Fotos. Später lasse ich meine Freundinnen raten, was aus meinen ehemaligen Klassenkameradinnen geworden ist. Vielen kann man es vom Gesicht ablesen. Lehrerinnen, Juristinnen, Ärztinnen kann man leicht erkennen. Aber dich, dich werden sie nicht erkennen.

Wollen wir weglaufen? An den alten Mississippi vielleicht? So haben wir ihn immer genannt, als wir heimlich dort geraucht und verbotene Bücher gelesen haben. Küsse nach dem Unterricht, so hieß einer der Romane. Und Lady Chatterley. Der Bach wird doch wohl nicht ausgetrocknet sein? Du lachst. Ich schaue weg, auf den geharkten Weg, in die Baumkronen, dann wieder in deine Augen. Ich versuche, dich zum Lachen zu bringen. So ernst bist du geworden. Wollen wir die Messe schwänzen, höre ich aus der Vergangenheit deine Kinderstimme. Komplizenhaftes Zwinkern, nichts wie weg. Zwei kleine Mädchen mit wehenden Pferdeschwänzen und blauen Blusen wie richtige Zwillinge. Halt, Kinder, wo wollt ihr hin? Die Schwester mit den drohenden Eulenaugen hat uns dann doch erwischt. Wir glaubten immer fest daran, daß sie wirklich alles sehen konnte und mit ihren Eulenohren alles hören konnte.

Es gibt den Mississippi noch, träge und schlammig im Herbst. Wir setzen uns auf die Bank, die noch feucht ist vom Nebel. Du reibst dir die Nase, Stimmengewirr vom kleinen See her. Ich glaube, sie gehen jetzt in die alten Klassen, sagst du. Also gehen auch wir zurück in das Gebäude, das uns so vertraut ist. Es riecht nach Klassenmuff, die Räume sind oktoberdunkel. Auf den Pulten die Spuren vieler Kinderhände, Kritzeleien, kunstvolle Zirkeleinritzungen. Da vorn, sagst du, da haben wir immer gesessen. An der Wand noch immer der häßliche schwarze Kasten mit den Steinen, von denen einige mit der Zeit herausgebrochen sind. Geologisches Idealprofil der Erde steht in alten Buchstaben darauf. Die hohen Bogenfenster, die glühenden Heizkörper, man bekommt kaum Luft. Draußen erscheint das Dorf mit dem Kirchturm soviel kleiner. Wir sprechen alle ganz leise, voll Ehrfurcht. Die anderen gehen weiter, aber du setzt dich an unser Pult. Weißt du noch, wie wir der alten Aufsichtsschwester mal eine tote Maus ins Pult gelegt haben? Aber sie hat sie nur kurz angesehen und mit einem Ruck aus dem Fenster geworfen. So leicht könnt ihr mich nicht drankriegen, Kinder.

Draußen strömen die Wolken. Du, ich habe deinen Frosch gefunden, sagst du. Was für einen Frosch, lüge ich, damit du mir die Geschichte erzählst. Wir fahren mit den Zeigefingern über den Frosch. Andere Zirkel haben ihn vertieft, aber er ist unverkennbar. Das breite grinsende Maul, die kräftigen Schenkel. Wegen ihm mußte ich damals nachsitzen. Ich höre unsere Kinderstimmen im Chor Wanderers Nachtlied sprechen. Und dem sterbend seine Buhle einen goldenen Becher gab. Schwester, was ist eine Buhle? Und Kinder wachsen auf mit tiefen Augen, die von nichts wissen, wachsen auf und sterben, und alle Menschen gehen ihre Wege. Daran kannst du dich nicht erinnern. Du hast keine Zeit mehr für Bücher, sagst du. Leider. Ich will dich plötzlich umarmen und verstecke meine verräterischen Hände in den Manteltaschen. Es tut mit einem Mal weh, dich anzusehen, und ich bin erstaunt, aber nicht erschrocken. Dein Kindergesicht verschmilzt mit deinem Frauengesicht, verwirrendes Wechselspiel. Sollen wir auch in den Zeichensaal gehen, fragst du.

Hier ist er, Schauplatz so vieler meiner Träume. Der riesige Raum, in dem ich mir so sicher war, eines Tages eine bekannte Malerin zu sein. Malst du eigentlich noch, fragst du. Manchmal, sage ich. Alte Bekannte, das Papierschneidegerät, der Schrank mit den vielen Schubladen für Ingres-, Aquarell-, Tonpapier. Das winzige Zimmer, in dem wir unsere Vasen und Tonköpfe aufbewahrt haben, mit weißen feuchten Tüchern abgedeckt, die sehr schnell schmutzigbraun wurden. An diesem Becken haben wir uns die Hände gewaschen und an unseren Schürzen abgetrocknet. Ich erinnere mich noch an den Tonkopf, wie er unter meinen Händen zu einem lebenden Wesen wurde, mit Augen, Nase, Mund, Ohren. Und ganz zarten Nasenflügeln. Das Regal mit den Specksteinen, der Tisch mit den Feilen. Ich habe den Raum so sehr geliebt, daß mir jetzt das Herz klopft, als ich darin herumgehe. Ich höre die Tuschfedern auf dem Papier kratzen, rieche die Kreide, sehe die Dias an der Wand. Im Winter hat es an den Fenstern Eisblumen gegeben, hier hat man die schönste Aussicht auf das Dorf. Hier haben wir Vogelfutter auf den Sims gestreut.

Woran denkst du, fragst du. An dich, sage ich. An mein Bild von dir. Welches Bild? fragst du. Das von Max Frisch, sage ich und weiß, daß du mich verstehst. Du sollst dir kein Bildnis machen. Ich möchte dir so gern ins Haar greifen. Da fällt mir noch ein Schulaufsatz ein, der mich aber traurig macht. Sie war schon aufgelöst wie langes Haar und hingegeben wie gefallener Regen. Du legst deine Hand auf meinen Arm. Wir müssen uns bald besuchen, sagst du, aber du mußt mir versprechen, daß du auch wirklich kommst. Ich nicke. Wenn ich es verspreche, werde ich es auch halten. Ja, antworte ich, bald. Du brauchst nur anzurufen, dann komme ich sofort. Wieder dein Gesicht, deine Haut sehr hell, fast durchsichtig, deine Augen so ernst. Weißt du, daß du mir all die Jahre nie gefehlt hast? Wie habe ich dich jemals gehen lassen können? Noch nicht einmal an den Abschied kann ich mich erinnern.

Ich bin so müde von der langen Fahrt zu unserer Schule. So gern möchte ich dir irgend etwas schenken, aber ich habe nichts bei mir. Ich werde dir schreiben, eine Karte zu Weihnachten zuerst, und wenn du antwortest, lange Briefe. Ob du mich in ein paar Stunden schon wieder vergessen hast? Du, ich glaube, wir sollten nach unten gehen, die Schwestern haben Kaffee und Kuchen vorbereitet. Ich weiß, sage ich. Ich weiß.

Liebevoll nach Jahrgängen eingeteilt haben sie uns, unsere drei Klassen sind alle im Musiksaal. Es gibt Tee, Kaffee und wahre Kuchenberge. Die Schwestern halten sich taktvoll im Hintergrund. Wir haben uns alle so sehr verändert, daß ich es fast nicht ertragen kann. Viele Erinnerungen stellen sich offenbar als falsch heraus. Nein, Marion ist viel kleiner als ich dachte, Claudias Augen sind gar nicht blau, Christiane ist blond geworden und behauptet, sie sei es schon immer gewesen. Ich esse mühsam ein Stück Schokoladenkuchen und versuche, entspannt auszusehen. Vor irgend etwas in diesem warmen, vertrauten Musiksaal fürchte ich mich so sehr, daß es mir geradezu die Kehle zuschnürt. Ein Winken, schon nicht mehr auf mich bezogen, ein leise Weiterwinkendes. Vielleicht vor unserem Abschied?

Jutta Haitel

Brief an Andrea

Weißt du noch ...? So fangen doch viele schlechte Geschichten an, aber welch passenderen Anfang könnte ich für die unsere finden, die für uns beide nur noch aus Erinnerungen besteht, die festgeschrieben ist und für die es keine Fortsetzung gibt. Was anderes könnte ich dir schreiben als: »Weißt du noch ...?« und dabei hoffen, daß diese Worte und Erinnerungen, die sie vielleicht auslösen, einen Teil der Wärme zurückholen, die zwischen uns so lange Zeit lebte, die uns die Luft zum Atmen gab und nahm und die uns letztendlich doch nicht retten konnte.

Wann ich dich zum ersten Mal gesehen habe, das weiß ich nicht mehr, aber als ich begann, dich wahrzunehmen, war es längst zu spät für mich, ich war dir hoffnungslos verfallen und wagte nicht, mir auszumalen, was Jahre später für uns Wirklichkeit wurde: ein Leben und Arbeiten zu zweit, verbunden durch dieselben Probleme und Freuden.

Ich erinnere mich an dich, wir waren 14, da besuchten wir dieselbe Schule, und du hast dich mit den Typen herumgetrieben, vor denen mich meine Eltern immer gewarnt hatten. So schloß ich mich euch an, zaghaft zunächst und mir Fluchtwege offenhaltend, dann mutiger und immer überzeugter von dem, was ich tat. Denn ich verlor nur die Anerkennung derer, die mir nichts bedeuteten, doch ich gewann ein wenig Freundschaft von Menschen, die mich weiter führten, die mir Leben zeigten, wo ich nur Tod vermutet hatte, mit denen ich weinen konnte und lachen und denen ich nie mein Sonntagsgesicht zeigen mußte. Menschen, die ich fragen konnte und die mir ihre Antworten nicht verweigerten. Und die mir doch zeigten, daß ich letztlich jede Frage selbst beantworten muß, damit sie Gültigkeit hat für mich und beständig bleibt, auch wenn ich an einem ganz anderen Ort, mit ganz anderen Menschen lebe.

Und du warst mitten unter uns. Du warst die Ruhe und du warst das Leben. Doch mehr als alle anderen warst du auch eine einzige Frage und tausend Antworten, und wir liebten dich, weil du uns liebtest. Und langsam begann ich mich zu fragen, was ich im Leben noch bräuchte außer deiner Nähe.

Viel später erst lernte ich dich wirklich kennen. Wieder besuchten wir dieselbe Schule, kannten einander kaum noch und freuten uns doch, zusammen zu sein. Wir hatten beide dasselbe Ziel gefunden, wir wollten beide mit Kindern arbeiten und so unserer Hoffnung für die Zukunft Ausdruck geben, und dieses Ziel hatte uns hier zusammengeführt. Hier hofften wir, Antworten zu bekommen auf unsere Fragen und sahen doch unsere Ideale schon nach wenigen Wochen unter Lehrplänen und blanken Theorien verschwinden ... wäre da nicht dieser unbändige Wille gewesen, es anders zu machen, vielleicht besser. Ob du ihn heute noch hast?

Als dann die Wochen kamen, in denen ich meinte, nur noch flüchten zu müssen, es nicht mehr auszuhalten daheim, die Schule, die mir doch wichtig war, nicht beenden zu können, da warst du auf einmal wieder da und botest mir an, deine Wohnung mit dir zu teilen. So zog ich dann an einem verschneiten Märztag bei dir ein, mit Kisten und Kartons, meinem heißgeliebten Schreibtisch und einem Haufen neuer Träume.

Vieles haben wir in den darauffolgenden Jahren gelernt. Vor allem, wie schwierig es für zwei Frauen wie uns ist, auf engem Raum zusammenzuleben.

Zuerst war da nur meine Erleichterung, den ewigen Streitereien daheim entflohen zu sein, und die Neugier, dich kennenzulernen. Wie würde es sein, mit einem Menschen zusammenzuleben, den man sich frei erwählt hatte? Würde es funktionieren, daß wir uns in der Schule nicht zu sehr von den anderen abkapseln, daß wir zu zweit unter anderen leben, ohne uns nur um uns zu kümmern? Und vor allem: Wie würde sich unsere Freundschaft entwickeln, die jetzt erst am Anfang stand?

Nun, wir lebten uns ein miteinander, du brachtest mir erst einmal das Kochen bei und hast mich auch sonst sehr bemuttert. Richtig, da fällt mir ein, daß ich ja gewarnt wurde, mit dir zusammenzuziehen, daß mir gesagt wurde: »Mit dieser Frau kannst du nicht leben, die zieht das Leid der ganzen Welt an sich und macht es zu ihrem.« Ach Andrea, die das gesagt hatte, die hatte ja so recht. Alles, was schief ging, betraf dich persönlich, alles, was irgendwo in der Welt geschah, vergrößerte deinen Schmerz, doch nutztest du dies nicht, um zu jammern, sondern um immer wieder deinen Trotz herauszukehren und mit einem »Jetzt erst recht« deinen Weg weiterzugehen. Und auch ich war wohl anfänglich nur ein Küken, das du auf der Straße aufgelesen hattest, um ihm zu zeigen, wie man lebt.

Schwierigkeiten gab es nur, wie sollte es auch anders sein, mit den Männern. Verliebtest du dich in einen, war ich sofort so von seinen Qualitäten überzeugt, daß auch ich mein Herz für ihn entdeckte. Verliebte ich mich, geschah es umgekehrt bei dir. Wenn es dann wieder einmal ausgestanden war, saßen wir lachend beieinander, jede immer noch allein und doch zu zweit so stark, wie wir nur sein wollten.

Unsere Beziehung festigte sich. Ich glaube, wir begannen damals, einander zu lieben, auf diese ganz eigene Art, mit der nur eine Frau eine andere Frau lieben kann. Manchmal frage ich mich, ob es auch für dich diese Momente gab, in denen du mehr wolltest, in denen ein Funken von Begehren in dir glomm.

Wenn es einer von uns sehr schlecht ging, dann schliefen wir gemeinsam in deinem großen Bett. Wir umarmten uns, wir hielten uns, wir streichelten uns, doch es gab nie mehr als das, was gerade noch erlaubt ist, und wenn es einmal mehr wurde bei einer von uns beiden — wir haben nie darüber geredet.

Manchmal sehnte ich mich nach deinem Körper, der so viel

weicher war als der eines Mannes und so viel mehr Zärtlichkeit versprach. Manchmal lag ich neben dir und wünschte mir, dich zu berühren, mit all meiner Liebe dich zu entdecken.

Du hast einen schönen Körper. Das heißt, ich nehme an, daß du ihn noch hast — wir haben uns so lange nicht mehr gesehen ... Am Anfang einer Beschreibung von dir stünde immer dein Gesicht: kein schönes Gesicht, aber ein ausdrucksvolles. Augen von undefinierbarer Farbe, irgend etwas zwischen blau und grün, riesengroß und ein wenig vorstehend. Diese Augen, die so viel Wärme ausstrahlen, beherrschen deine Züge. Was macht es gegen eine solche Schönheit, daß deine Nase ein wenig krumm ist? Und Haare hast du, hellblond, fast schon weiß und seidenweich.

Wie ich wirst du nie richtig braun. Wir haben uns früh entschlossen, die Sonne so zu genießen, wie es für uns ging, und den gegrillten Schönheitsidealen keine Beachtung mehr zu schenken. Mit einer Wespentaille und ausladenden Hüften warst du für mich eine attraktive Frau, was auch die anderen sagten ... und die Schönheit, die bei dir von innen kam, die machte mich wirklich an, die weckte in mir diese Sehnsucht. Ich wußte immer ganz genau, daß ich die Männer liebe. Und doch: Wenn ich einmal ausprobieren wollte, wie es ist, eine Frau zu lieben, es wäre mit dir.

Ich habe es nie getan. Wir blieben bei den kleinen Zärtlichkeiten, wir blieben bei verständnisvollen Blicken, bei endlosen Gesprächen über alles, was uns betraf.

Ich glaube nicht, daß ich je einem Menschen so vertraut habe wie dir. Die Worte flossen mir leicht über die Lippen, wenn wir beieinander saßen, ich sprach Dinge aus, die ich bei anderen nicht zu denken wagte. Sicher gab es auch Streit zwischen uns, und wir litten sehr darunter. Doch im Nachhinein überwiegen die goldenen Tage, die Stunden, in denen ich lernte, was Freundschaft ist.

Natürlich warst du kein Engel. Du hattest deine Macken, genau wie ich auch, und oft knallten bei uns die Zimmertüren, wenn die eine empört den Raum der anderen verließ, und tagelang herrschte düsteres Schweigen. Dann fuhr jede mit dem eigenen Auto zur

Schule, und die Leute aus der Klasse wußten Bescheid.

Hin und wieder versöhnten wir uns, indem wir gemeinsam an irgendeinen See fuhren, das hat uns immer gut getan, uns in die Fluten zu stürzen, egal welche Temperatur herrschte. In deinem roten R4 ging es dann über die Landstraßen, die Fenster weit geöffnet und Janis Joplin bis zur äußersten Leistungsfähigkeit des Rekorders aufgedreht.

Im zweiten Jahr unseres Zusammenlebens begannen wir, gemeinsam zu arbeiten, unsere Ideen über Erziehung zusammenzuwerfen und in einer Jugendgruppe zu verwirklichen. Ich glaube nicht, daß es das Programm war, was die »Kinder« an uns band. Ich denke, es war diese Aura der unverletzlichen Gemeinschaft, die uns in dieser Zeit umgab, diese ungebändigte Fröhlichkeit, in die wir ohne Probleme die ganze Gruppe mit einbeziehen konnten. Ich hatte immer meine Schwierigkeiten mit den herkömmlichen Erziehungsstrategien, ich wollte immer mehr von und mit den Kindern, als sie für die Eltern, die irgendwann kommen und sie holen, aufzubewahren. Eine gute Erzieherin zu sein bedeutete für mich in erster Linie, eine gute Beziehung zu den Kindern aufzubauen. Nie habe ich das mit jemandem gemeinsam so geschafft wie mit dir in diesem Jahr unserer Arbeit. Denn auch du wolltest mehr, als die Kinder zu verplanen, auch du wolltest mit ihnen leben. Und weil wir beide es so sehr wollten, konnten wir es auch tun. Es war eine erfolgreiche Zeit für uns beide, und es war schwer, auseinanderzugehen, als uns das letzte Jahr der Ausbildung schließlich in verschiedene Städte verschlug.

Was uns blieb, das war die zaghafte Verbindung, die wir aufrecht erhielten, und die Beteuerungen unserer Freundschaft.

Was bleibt, ist letztlich nichts.

Es war ein Mann, der uns einander nahm. Heute lebst du mit ihm, der mir die Ewigkeit anbot. In der Stadt, die für mich Heimat war.

Ihr hattet es mir lange verschwiegen, und ich bin mir nicht sicher, ob ihr es mir je erzählt hättet, wäre ich nicht von selbst darauf gestoßen. Das alte Problem zwischen uns beiden nahm nun Ausmaße an, die die früheren weit überschritten. Denn ich hatte mit ihm mein Leben geplant und ich hatte ihm vertraut, auch als er zu dir fuhr für einige Tage. Denn du warst meine Freundin, und welch besseren Platz hätte ich mir wünschen können für ihn, der die Ruhe und Entspannung so dringend nötig hatte?

Ich las deine Briefe an ihn, die entgegen aller Gewohnheit immer schnell vom Schreibtisch verschwanden, und begann zu begreifen, was eigentlich geschehen war.

An ein Telefonat mit dir erinnere ich mich noch, in dem du sagtest: »Ich hatte gewußt, daß ich einen von euch beiden verlieren würde ...«. Du hast diesen Satz nie zu Ende gesprochen, doch ich vervollständigte ihn für mich und sah, daß du mich gewählt hattest, daß du bereit warst, mich aufzugeben um seinetwillen. Was kann ein schlechter Roman schon mehr bieten als das Leben?

Ich habe euch beide dann nicht wiedergesehen. Noch ein paar Streitigkeiten um dies und jenes und ein paar verzweifelte Versuche, aus den Trümmern der Beziehung wenigstens noch ein bißchen Freundschaft erwachsen zu lassen, und dann nichts mehr.

Ich hasse dich längst nicht mehr. Wahrscheinlich habe ich es nie getan. Was mich heute erschreckt, ist, daß er, um den ich so viel geweint habe, so schnell und so vollständig ersetzbar war. Und daß du, meine Freundin, eine so große Lücke bei mir hinterlassen hast, eine Lücke, die sich nie mehr füllen läßt.

Gisela Schalk

Begegnungen

Verlegen stehen sie nebeneinander und sehen geradeaus auf das gelbe Viereck, in dem ihre Kinder sitzen und im Sand spielen. Lange werden sie hier nicht mehr zu stehen brauchen. Hinter ihrem Rücken hockt die Sonne bereits auf den Hausdächern und färbt einen schmalen Streifen Himmel rot. Maria zieht den Reißverschluß ihres Kapuzenpullovers hoch.

— Dieter kommt um sechs Uhr nach Hause, ich wollte noch einen Salat machen, sagt sie, und ihr Blick geht immer noch geradeaus in die Sandkiste.

— Walter kommt heute sowieso später. Helga dreht ihre Schultern fröstelnd in der weißen Strickjacke. Mir eilts nicht.

Wieder sehen sie geradeaus und hängen ihren Gedanken nach, von denen sie wissen, daß sie die gleiche Richtung haben. Vorhin haben sie es entdeckt und vorsichtig darüber geredet. Im Moment scheuen sie sich, den Faden wieder aufzunehmen, und beobachten stattdessen ihre Kinder, die immer noch still vor sich hin spielen.

— Mir kommt es vor, als würden wir uns schon viel länger kennen als zwei Monate, sagt Maria schließlich und sendet ein unsicheres Lächeln nach links zu Helga rüber, die es auffängt und erwidert.

— Mir geht es genauso. Es kommt wohl darauf an, was einen verbindet. Helga lacht ein kurzes, schüchternes Lachen und sucht erneut Marias Blick.

— Ob sie wohl heute kommt? Maria weiß, daß sie jetzt das ausgesprochen hat, woran sie beide die ganze Zeit denken. Helga atmet erleichtert auf. Jetzt können sie wieder von dem reden, was sie beide am meisten beschäftigt.

— Sie hat ja so wenig Zeit. Diese vielen Verpflichtungen wegen ihres Mannes. Ich war sowieso erstaunt, daß sie überhaupt in unsere Gruppe gekommen ist. Bei uns ist das etwas anderes. Wenn man neu hierhergezogen ist und niemanden kennt …

Maria nickt und zupft wieder an ihrem Pulli rum.

— Aber sie …

Helga schüttelt ihren Kopf mit den kurzen Haaren, was dort innerlich wie äußerlich manches in Ordnung bringen soll.

— Ganz schön faszinierend, die Frau. Und wieder lachen beide verlegen, sehen auf das gelbe Viereck vor ihren Augen und gehen ihren Gedanken nach.

Helga ist die erste, die das Schweigen wieder bricht.

— Wenn sie nicht gekommen wäre, hätten wir es dann überhaupt jemals gemerkt?

— Was? Daß man so etwas auch für eine Frau empfinden kann? Helga hackt mit den Fußspitzen kleine Löcher in den Sand.

— Daß man sich auch in eine Frau verlieben kann.

Beide lachen leise, sehen auf Helgas Fußspitze und kuscheln sich tiefer in ihre Jacken.

— Daß den Kindern nicht kalt wird.

— Sie sind ja warm angezogen.

Die Sonne ist bereits zur Hälfte unter die Hausdächer gerutscht, aber die Kinder sind immer noch in ihr Spiel vertieft. Die zwei Frauen stehen immer noch nebeneinander und sehen auf den Sandkasten.

— Wenn sie heute abend kommt, wird sie uns zum Abschied wieder umarmen, sagt Maria.

— Und wir beide werden den ganzen Abend darauf warten, erwidert Helga sachlich.

Maria seufzt und beginnt, das Sandspielzeug vom Boden aufzusammeln.

— Ist schon komisch, das Ganze.

— Ziemlich, gibt ihr Helga recht, während ihre Augen wieder den Blick von Maria suchen, bevor sie die nächsten Worte rausbringt.

— Ich hätte gar nicht gedacht, daß eine Frau so was macht.

— Was?

— So was wie sie. Ich hab zum Beispiel Bierkisten ins Auto gestellt, sie hat mir geholfen, und plötzlich fuhr sie mit ihrer Hand über meine Brust. Ich dachte, mich hätte ein Schlag getroffen, aber sie hat weitergepackt, als wäre nichts gewesen. Wenn das ein Mann gemacht hätte ...

— dann wärst du wahrscheinlich wütend geworden.

— Sicher. Oder meinetwegen auch erfreut, je nachdem. Aber so ... Maria entfernt den Sand von Eimern und Förmchen und schichtet alles ineinander. Helga klopft sich sorgfältig von oben bis unten ab.

— Mir sind auch solche Sachen mit ihr passiert, sagt sie und bearbeitet ihr Knie, das noch Spuren von Sand aufweist. Ich hatte nach einem Abend in unserer Gruppe meinen Schlüssel gesucht, und da hat sie mir geholfen. — Helga arbeitet noch heftiger an ihren Beinen herum. — Sie hat hierhin gesehen und dorthin gesehen und dann hat sie mich abgetastet, ob ich den Schlüssel nicht eingesteckt hätte. So rundrum ist sie mit den Händen gefahren, auch da, wo ich bestimmt keinen Schlüssel hingesteckt haben konnte.

— Wenn das ein Mann gemacht hätte ... Aber so, man ist total hilflos, vor allem wenn man merkt, daß einem solche Berührungen nicht gleichgültig sind ...

Sie sehen sich an, und das Staunen über sich selbst macht sich immer deutlicher in ihren Gesichtern breit.

— Was hättest du früher gedacht, wie du auf solche Vorfälle reagieren würdest, fragt Maria.

— Ich? Helga runzelt die Stirn. Auf jeden Fall nicht so. Ich hätte mir vorgestellt, in einer solchen Situation ganz nüchtern zu fragen, was das Ganze soll. Das Verwundern über sich selbst wird immer noch größer in Helgas Gesicht.

— Mir hat das auch was ausgemacht, das und die andern Sachen. Wenn sie mich in die Arme genommen hat vor allem, sagt Maria. Helga nickt, und zusammen gehen sie langsam zum Sandkasten und fangen an, ihre Kinder zu säubern und in die Sportwagen zu setzen.

— Sehr fair ist das wohl alles nicht von ihr, beginnt Helga wieder. Mal an der rumfummeln, mal an der. Wenn das ... Sie hört mitten im Satz auf, mag nicht schon wieder dasselbe sagen. Maria weiß auch so, was gemeint ist.

— Wir wären stinkwütend geworden, sagt sie. Vielleicht würden wir das auch jetzt sein, wenn das alles nicht so irre wäre. Sie schiebt schweigend den Sportwagen mit dem Kind neben Helga her.

— Wir müssen uns beeilen, wenn wir bis acht Uhr fertig sein wollen. Helga atmet tief durch.

— Bevor sie kam, waren die Dienstagabende anders.

Helga nickt und schlägt den Stehkragen ihrer Jacke hoch. Dann gibt sie sich einen kleinen Ruck und zieht Maria die Kapuze auf den Kopf. Sie lächelt vorsichtig.

— Es ist kalt. Bis später.

— Bis gleich.

Ute Braun

Plötzlich der Mut

Daß wir uns trafen, schien wie ein Zufall. Jedenfalls war ich anfangs geneigt, es so zu sehen. Heute bin ich mir unsicher, ob es Zufälle in meinem Leben je gegeben hat.

In meinem Alter rechnet man nicht unbedingt mit Begegnungen wie der unseren. Aber zumeist verhält es sich so, daß ich mit ungewöhnlichen Ereignissen nicht rechne; sie geschehen einfach in uns, mit uns, außerhalb unseres Einflußbereiches, scheint es.

Das erste Mal, daß wir einander begegneten, war im Hotel. Ich war früh in Athen eingetroffen und wollte nach einem Tag Aufenthalt mit der Fähre nach Patmos weiterreisen. Nachdem ich mich frischgemacht hatte und grade dabei war zu frühstücken, betrat sie das Restaurant. Sie trug weiße Leinenhosen und ein sonnengelbes Shirt. Es vertrug sich auf unübersehbare Weise mit den kurzen strohblonden Haaren. Ihre Augen versteckten sich hinter einer großen Sonnenbrille. Selbstbewußt bewegte sie sich durch den Raum und setzte sich schließlich an einen kleinen Tisch, nahm die Brille ab und grüßte mich in akzentfreiem Deutsch.

Die Sehnsucht nach meiner Jugend hatte mich dazu verleitet, diese Reise zu tun, eine Wiederholung der Gefühle. Schon im Flugzeug war mir das Herz schwer geworden, und ich begann zu begreifen, daß meine Sehnsüchte nicht dazu angetan waren, ihnen so direkt zu folgen. Mein Leben begann vor mich zu treten, und zwar der Teil, den ich nicht gewagt hatte. Vor mir bauten sich zwei Welten auf, die der Phantasie und die der Wirklichkeit. Mir wurde bewußt, daß ich es hingenommen hatte, sie voneinander zu trennen. So sehr hatte ich mich beschränkt, daß viele meiner Jugendträume vor dem Leben verblaßt waren. Bei ihrer Begrüßung, als sie mich anschaute, da begann mein Rückblick.

Anfangs ließ ich mich täuschen, da hielt ich sie für eine Deutsche. Aber dann sprach sie mit dem Kellner Griechisch, so fließend wie zuvor Deutsch. Ich beobachtete sie kurz, bewunderte ihren Haarschnitt und die stark ausgeprägten Augenbrauen. Dann machte ich mich auf den Weg. Ich wollte einen Museumsbesuch machen, wie damals. Aber es gefiel mir nicht, allein durch die Räume zu laufen, neben den Erinnerungen meine Einsamkeit zu beobachten. Es machte mir nichts aus, allein zu leben; allein zu reisen, ödete mich an. Es war ein schleichender Gedanke, ich war nicht bereit, ihn sofort zu erkennen. Jedoch nach einer halben Stunde in den Gängen wünschte ich mir nichts sehnlicher als eine Unterhaltung. In meinen Gedanken war ich schon so weit, einen Rückflug zu buchen, dem ganzen ein Ende zu setzen. Ich betrachtete grade eine Harfenspielerfigur, da erblickte ich die junge Frau. Sie stand hinter einer Vitrine. Ich erkannte sie sogleich am Gelb, das durch das Glas schimmerte. Sie lief um die Skulptur herum und lachte mich an, wie zuvor beim Frühstück. Dabei sah sie mich an, als kennten wir einander seit Jahren. Zuerst war ich erstaunt, dann dachte ich, was soll's, und lächelte zurück. Sie deutete mit ihrer Hand zum Ausgang und machte dabei eine Bewegung, als setzte sie ein Glas zum Trinken an den Mund. Etwas gegen den Durst zu unternehmen schien mir bei der Hitze sinnvoll, und da mir die Langeweile den Rücken hinaufkroch, sagte ich sofort zu.

Erleichtert, wie mir schien, hakte sie mich ein, und wir schlichen an dem Wärter vorbei, der an der Tür eingeschlafen war. Erst als wir auf der dichtbefahrenen Straße standen, war ich befangen bei der Geste des vertraulichen Arm-in-Arm-Gehens. Damit die Peinlichkeit nicht nach außen treten konnte, begann ich, meine Begleiterin auszufragen. Dabei stellte sich heraus, daß sie Griechin war. Auf meinen erstaunten Blick hin erklärte sie mir, daß sie in Deutschland Kunstgeschichte studiert hatte und jetzt hier in Griechenland als Historikerin arbeitete.

Ohne zu wissen, wer wir waren, wie wir hießen, begannen wir

ein Gespräch über Theosophie, Anthroposophie und über Mysterien. Unterdessen lenkte sie mich geschickt durch das Einbahnstraßenchaos Athens, und so kamen wir in einen ruhigen Keller, dessen Wirt uns wunderbar geharzten Wein brachte, später gebackene Zucchinis und gebratenen Fisch. Wir verbrachten den halben Tag an diesem kühlen Ort und traten erst am Nachmittag den Rückweg zum Hotel an.

Als wir uns trennten, ich, um mich etwas zu erholen, sie, um ein Duschbad zu nehmen, beschlossen wir, am Abend miteinander auszugehen und einen Bummel durch die Märkte der freien Händler zu unternehmen. Ich war begeistert, stand kurz darauf in meinem Zimmer, hatte die Zeit vergessen und konnte laut lachen. Nichts wußte ich von dieser Frau, was, wenn ich sie nie wieder sah? Nicht einmal ihren Namen kannte ich. Aber ich akzeptierte dies. Warum auch hätte ich etwas dagegen unternehmen sollen. Es ging mir gut. Ich legte mich auf das Bett und begann zu träumen, bis ich irgendwann einschlief.

Wir trafen uns in der Hotelhalle, und ich war froh, daß sie tatsächlich erschien. Es war amüsant zu beobachten, daß wir uns beide herausgeputzt hatten, als würde uns an diesem Abend eine Entscheidung abverlangt. Während wir unter Zypressen durch kleine Straßen schlenderten, beschlossen wir, unser Abendbrot in einer Taverne zu uns zu nehmen. Wortlos schauten wir dem Treiben zu. Wir saßen vor dem übervollen Lokal und hörten Stimmen, die wir nicht verstanden. Ich beobachtete ein Mädchen, das Gäste bediente ohne deren Sprechen zu verstehen. Das Mädchen sagte kein Wort und stellte mit Gesten und Augen dennoch eine perfekt anmutende Beziehung zu den Menschen her. Diese Situation erinnerte mich daran, daß ich einst jemanden durch die Sprache der Augen kennengelernt hatte. Neckend warf meine Begleitung ein, daß es sich vielleicht um die Sprache dieses Landes handeln könnte. Wir kamen darin überein, daß wir beide diese Ausdrucksweise sehr überzeugend fanden. Ich glaube, dies war der Moment, da wir uns einander vorstellten. Paullet erzählte mir, daß sie in zehn Tagen von hier aus eine Reisegruppe zu betreuen hätte, mit der sie nach Kreta reisen würde.

»Und was machen Sie bis dahin?« fragte ich sie neugierig.

»Ich entführe reizende ältere Damen«, lachte sie mir ins Gesicht, und ich war augenblicklich sowohl entwaffnet als auch mir meiner komischen Situation gegenwärtig. Dennoch, meine einzige Chance bestand darin, sie zu packen, mich über meine Unsicherheiten hinwegzusetzen und Paullet das Angebot zu machen, mich zu begleiten. Ich gab unumwunden zu verstehen, daß ich Einsamkeit auf dieser Reise fürchtete, und Paullet war sofort Feuer und Flamme. Sie war nicht einmal dazu zu bewegen, sich von mir die Reisekosten erstatten zu lassen. Ich verstand dies nur halb, genoß jedoch die glückliche Wendung meiner Situation.

Als wir am nächsten Morgen in Piräus an Bord gingen, übernahm Paullet wie selbstverständlich alle Verhandlungen, so daß wir unsere Plätze zugewiesen bekamen und schließlich bei 35 Grad im Schatten im Speisesaal landeten. Warum wollte ich unbedingt nach Patmos? Paullets Frage schien so selbstverständlich wie mein Unbehagen, darauf klar antworten zu müssen. Ich wollte nichts sagen, nur träumen. So sehr mich Paullets Neugier erfreute, jetzt störte sie mich, als ermöglichte grade ihre Anwesenheit das Verstummen meines Selbst.

»Es ist schon lange her, daß ich dort war«, bestätigte ich Paullets Annahme. »Es war meine Hochzeitsreise. Die Vergangenheit ist 35 Jahre alt, und vielleicht ist es jetzt an der Zeit, sie nicht mehr für so wichtig zu halten.« Es kam plötzlich, daß ich dies erkannte. »Wichtig ist nur, daß wir dort sein werden, daß Sie mich begleiten, ja, daß es so aussieht, als ob wir eine wunderbare Zeit miteinander haben könnten.«

Paullet lächelte fein: »Jetzt schmilzt das Eis?«

Sie machte mich verlegen, sie hatte Recht, warum auch nicht. Sie berührte mich, und das war gut.

Wir gingen an Deck. Zwischen uns gab es eine Harmonie, die sich aus dem Schweigen, dem Blicketauschen und weiterem

Schweigen speiste. Eine Kraft, die mich jung und unbeschwert sein ließ, ungezwungen im Umgang mit den Gegebenheiten. Ich hatte plötzlich den Mut, dem Leben entgegenzutreten. Auf die herkömmliche Weise alt zu sein war nicht möglich, nicht, nachdem Paullet gestern meinen Arm genommen, mich angelacht hatte. Ihre Art, mir zu begegnen, war eine Anerkennung meiner Existenz ohne Forderungen. Ich hatte mich nur zu erinnern, wer ich war. Ich blickte auf das Meer, auf die purpurne Dunkelheit über Mykonos, auf die Metallschuppen, die auf den kleinen Wellen tanzten. Ich spürte, daß mein Körper zitterte. Paullet mußte dieses Zittern ebenfalls spüren. Ich sprach ins Dunkel ihren Namen: »Paullet«. Unsere Stimmen hatten einen unsicheren Klang, als wir später zu Abend aßen. Und als uns das grelle Licht des Saals die feine Stimmung vom Oberdeck zu rauben suchte, flüchteten wir wortlos zurück in die Liegestühle. Als ein Horizont zu ahnen war und zuerst fahl, dann immer wärmer und schließlich honigfarben der Mond sichtbar wurde, da erkannte ich Patmos. Gebirgswellen, in Silber eingesponnen, erhoben sich aus der Dunkelheit.

Es muß gegen halb acht am Morgen gewesen sein, als ich mit dem Gefühl erwachte, etwas Schweres laste auf mir. Etwas hielt mich fest, wollte mich nicht von dem Ort lassen, an dem ich mich befand. Während ich noch mühsam in meinem Gedächtnis suchte, drehte ich den Kopf und öffnete die Augen. Neben mir lag Paullet, den Kopf auf meinem linken Arm. Ihr Lächeln erreichte mich, ich erstrahlte in Erinnerung an vergangene Stunden. Ihr Mund war leicht geöffnet, und der Hauch ihres Atems kitzelte meine Nase. Ihr Körper war so schön wie ihr Lächeln. Ich küßte sie, und ihr Kuß kam als verschlafenes Echo zurück.

Es war nur kurz nach Mitternacht, als wir in den Hafen einliefen. Nur wenige außer uns verließen das Schiff, und wir fanden sofort ein Taxi, eines der alten Fordmodelle auf dieser Insel. Es brachte uns die einsame Küstenstraße hinauf, in langen Schleifen durch die Nacht bis zu einem alten Hotel. Paullet kannte die Wirtin. Sie empfing uns selbst, reichte uns frischen Orangensaft, führte uns in die Zimmer und wünschte Gutenacht. Es hatte keine Einzelzimmer mehr gegeben, und so standen wir in der offenen Verbindungstür zwischen zwei Doppelzimmern. Paullet schien einen Moment lang unsicher, was ich davon hielte. Ich nahm sie ohne weitere Überlegung in den Arm, stotterte etwas Dummes und küßte sie. Eine Welle nichtendenwollender Küsse überschwemmte uns, ehe wir schwindelig geworden auf dem Bett landeten.

Weil du deine Arbeit tun wolltest, deshalb hatten wir nur eine kurze Zeit miteinander. Ob es gut war oder nicht, es war so, und das bestimmte alles, den Verlauf des Tages, die Augenblicke, die Lust, die Angst, den Abschied. Wir verbrachten fünf Tage mit Dingen, die nur in dieser Art des besonderen Rausches Glanz haben, mit entzückenden Banalitäten, die das übliche Leben einem versagt und die doch seine Essenz ausmachen.

Es kam unser letzter Tag. Dein Gepäck war schon bereitgestellt. Der Nachmittag und der Abend lagen noch vor uns. Ich sah dich unter der Dusche stehen. In einem rostfarbigen Spiegel erblickte ich das durchwühlte Bett mit deinen Sachen. Leise ging ich zu dir hin, um dich zwischen den Dämpfen über die Schulter weg festzuhalten. Du rührtest dich nicht, nur dein Gesicht entwich ins Weite. Ich begann, dich einzuseifen, vom Haar über die Kniekehlen hinab, den ganzen spiegelnden Körper entlang, der sich jetzt Spur für Spur mit Schaum überzog, herauf zwischen deine Oberschenkel, bedeckend und freilegend alles, was ich mit meinen Händen berührte. Ein begieriger Raubzug über deinen Körper unter einer sich fortführenden Seifenspur, die wir beide mit Schweigen verfolgten, du abwartend und entspannt, ich in meine eigenen Bewegungen versunken. Du hattest mir nur einen Moment lang dein Gesicht zugewandt, den Hals versonnen auf meine Schulter gelegt, nichts gesagt, sondern nur in einer unbewegten Hingabe auf die Berührung geachtet, was mich unter dem Rauschen der Dusche nur noch wilder machte. So daß ich nach einiger Zeit feststellte, daß ich längst mit Hose und Bluse unter der Dusche stand, und als es draußen gegen die Tür klopfte, jetzt grade in Lust geriet, dich mit beiden Armen an mich heranzog und heftig umklammerte, worauf du wortlos die Schenkel öffnetest und meine Hand an dich verschlangst. Unser Schweigen hatte etwas von einer bis in den Hals schlagenden Heftigkeit, und deine Wildheit war atemlos, beinahe andächtig. Ein Fest der Verschwiegenheit gegen die rings hinter den Wänden herrschenden Zeitläufe. Ich lehnte meinen Kopf an deine Schulter und sah dich von der Seite an. Es war schön, sich zwischen Monsun und Abschied hier zu umarmen. Die Seife war mir längst entglitten und lag neben dem Abflußrohr.

Etwas unbestritten Einmaliges hatte die Situation der zeitlichen Begrenzung in mir freigelegt. Ich machte mir in dieser Zeit nicht einmal Gedanken darüber, was ich tat, mit mir, mit meinem Leben. Ich glaube sogar, ich vergaß, daß ich das alles neu fand. Ich vergaß, mich zu verbergen, etwas, das ich mein Leben lang getan hatte. Ich erkannte langsam, daß ich, wenn ich wieder allein wäre, hinter den Dingen den Sinn erkennen würde, und ich hatte keine Angst davor.

Ich beobachtete alles, als würde es mir nie wieder begegnen, weil alles in diesen Augenblicken zwischen uns nur für diese Einmaligkeit in meinem Leben gedacht war, weil erst mein Alter mich Ereignisse dieser Art, auch in ihrer Plötzlichkeit, unbefangen erleben ließ. Vielleicht auch, daß ich nichts mehr zu verlieren hatte außer mich selbst.

Ich beobachtete alles, als würde es mir nie wieder begegnen, ich sah deine Hand, wie sie Brot brach, du schautest mich an, wie ich Retsina trank, wir lachten uns an, als wir Moussaka aßen und den Salat mit Zwiebeln, Essig und Öl. All dies sahen wir und genossen es, berauschten uns an dem, was das Leben hat, und an uns selbst. An mir selbst berauscht zu sein, das würde ich nun nicht mehr verlernen können. Wir verbargen einander nicht. Warum tat ich das, nach so vielen Jahren? Ich mußte meine Gedanken nicht aussprechen, denn immer waren die Erlebnisse voller Kraft. Ich mußte es erkennen. Daß es das nie gegeben hatte, »das Leben an sich«. Das, was hier geschah, und der Rest meines Lebens, das war mein Leben.

Sollte es wirklich das letzte Mal gewesen sein, so hattest du mir, Paullet, einen Abschied bereitet, der es mir für alle Zeit unmöglich machen wird, mich nur als ein altes Wesen zu begreifen. Der Abschied hat aus mir eine lebendige Person gemacht.

Ich war eine alte, lebendige Frau geworden. Das würde mir das Leben, den Rest, nicht gerade leichter machen, schöner allemal.

Wir waren übereingekommen, daß du allein nach Athen zurückfahren würdest. Ich wollte noch hier bleiben. Die Töne brauchten noch eine Zeit, in Ruhe auszuklingen.

Sylvia Keyserling

Schwester der Sonne
du küßt die Erde

Schwester der Rose
du gleitest
ins traumlose Wasser

Schwester der Felsen
Blitze
fahren aus deinem Leib

Schwester des Windes
Gefährtin
der bunten Vögel

Ach Schwester du
Schöne

Die Autorinnen/ Quellenangaben:

Ute Braun

Geboren 1956 in West-Berlin. Studium der Eurythmie in Berlin und München, Schauspielausbildung, 2. Bildungsweg, Studium der Amerikanistik und Italianistik. Schriftstellerische Tätigkeit seit 1980. Veröffentlichungen: Gedichte und Prosa in Anthologien, Hörspiele, Features. Zur Zeit arbeite ich an einer langen Erzählung und einem Hörspiel. Text »Plötzlich der Mut« aus *Die Frau im Gobelin*, Stuttgart 1988.

Ursula Felton

Freiberufliche Übersetzerin und Autorin, aufgewachsen in England, lebt jetzt in Köln. Einzelveröffentlichungen in Anthologien und Zeitschriften.

Susanne Englmayer

Im Mai geboren, seitdem unterwegs, in oft unwegsamem Gelände, gelernte Schaufenstergestalterin (früher mal), Innenarchitekturstudentin (zur Zeit), mache auch 'ne Menge Trommelmusik, bin aber dann doch eigentlich keine Musikerin, sondern in erster Linie schreibend zufriedenzustellen. In diesem Sinne also wohl Schriftstellerin.

Jutta Haitel

Geboren und aufgewachsen bin ich im Schwarzwald, da wo die Welt noch in Ordnung ist, die Bäume (noch) grün und die Enge bedrückend. Mit 17 zog ich daheim aus, schlug mich so durch, landete in Stuttgart und Köln, welches ich lieben lernte, und lebe heute bei Augsburg. Ich bin Erzieherin und arbeite mit körperbehinderten Kindern — eine Arbeit, die mir viel abverlangt und viel zurückgibt. Ich schreibe seit 9 Jahren,

Gedichte zuerst, dann Kurzgeschichten, gebe ein Magazin namens »Luna« heraus, in dem sich Phantastik von Frauen findet. Je älter ich werde, desto mehr wähle ich die Worte und ich frage mich, wann ich aufhören werde, zu schreiben.

Brigitte Heidebrecht
Geboren 1951. Lehrerin, Schreibkraft, Autorin, Verlegerin, Kursleiterin, heute hauptberuflich in der Erwachsenenbildung. Aufgewacht in den 68ern, viel gelernt durch Frauenbewegung, Bioenergetik, Tanz und Eutonie. Versucht, einiges des Gelernten durch Bücher und Kurse weiterzugeben. Text »Lippenblütlerin« aus *Eine Frage der Balance*, Trier 1990.

Ursula Karnilovich
1926 in Berlin geboren, immer zeichnend, malend und schreibend. Lebte über 20 Jahre in den USA — habe dort eine Tochter und Enkeltochter. Viele Ausstellungen in New York, Berlin und Den Haag. Immer noch begleitet das Schreiben das Malen, habe immer noch die Hoffnung, eines Tages meine Autobiographie zu schreiben. Zu meinem 60. Lebensjahr kam eine große Umstellung: neue Lebenspartnerin, Entscheidung, zusammen mit ihr nach Frankreich zu ziehen, intensive Entwicklung in das Geistig-Spirituelle hinein; herausfordernde Pläne, in Frankreich ein Zentrum für Frieden und Spiritualität zu errichten.

Sylvia Keyserling
Schriftstellerin, lehrt Geschichtenerfinden & Geschichtenerzählen sowie Chi-Entspannung, lebt in Stuttgart. Veröffentlichung von Gedichtbänden und Kinderbüchern, zuletzt: »Frieda Freytag«. Ein Igelroman« und ein Kindertheaterstück (beides noch unter Frueh Keyserling); »Die Gabe der Füchsin«, Miniaturen; »Im Baum sitzt ein Koalabär«, Kinderbuch und -theater; »Himmelsläuferin. Rose im Stein«, Gedichte, Verlag Barbara

Staudacher, 1991 - diesem Band ist das Gedicht »Eine Rabin bin ich« entnommen. Der Text »Schwester der Sonne« erschien in *Liebe, Tod und Teufel,* Claudia Pütz (Hg.), München 1988.

Monika Knorr

Geboren 4. Februar 1950 von Irmtraut Knorr, der ich meine Liebe zum Schreiben verdanke. Verlagskauffrau, Redakteurin. Studium, immer wieder unterbrochen von Sebastian und Fabian, meinen wundervollen Söhnen. Inzwischen glücklich verheiratet. Veröffentlichungen in »emma«, »Hamburger Frauenzeitung«. Kurzprosa im LesbenLeseBuch (Ätna Verlag). »Bauchschmerzen. Von der Auflehnung meines Körpers« (Fischer TB)- Mitarbeit am Projekt »Schreibende Mütter«.
»Schneeball im Sommer« ist eine Liebeserklärung an Barbara (Selimoglû), Monna, Johanna, Genovefa und alle Frauen, deren Freundschaft mich wachsen läßt.

Annette Laun

Geboren 1958, 3 Kinder, 1 Katze, lebt in einem Dorf auf der Höhe des Schwäbischen Waldes und schreibt seit ihrem 8. Lebensjahr.

Annette Lentze

Seit 26 Jahren entdecke ich, was vor mir liegt, um nach und nach anzukommen, wo es mir gefällt. Augenblicklich mit dem Ende meines Studiums in Heidelberg beschäftigt, lerne ich Ausdauer und langen Atem und was es heißt, wenn die Zeit zum Schreiben fehlt.

Angela Mußler

25 Jahre, arbeite und lebe in Hamburg.
Schreibe, seit ich denke, also bin;
über Frauen, seit ich liebe, also lesbisch bin.

Michaela Seul
1962 in München geboren, lebt dort. Frauen und Frausein sind derzeit der lilafarbene Faden meines Daseins. Verschiedene Veröffentlichungen in Zeitungen, Zeitschriften, Anthologien.

Gisela Schalk
Geboren 1941. Autorin vieler Kurzgeschichten in Anthologien und im Rundfunk. Verschiedene literarische Auszeichnungen. Dozentin für Kreatives Schreiben an der VHS Dortmund. Buchveröffentlichungen: Schalk/Rolfes, »Schreiben befreit«, Verlag Kleine Schritte, Trier 1986; »Oma Zuckersack und andere Geschichten von Mitmenschen«, Quell Verlag, Stuttgart 1989. Text »Begegnungen« aus *Ich hab sie auf den Mund geküßt*, Gudula Lorez (Hg.), Berlin 1984.

Ellen Widmaier
Geboren 1945 im Saarland, aufgewachsen in Essen-Werden an der Ruhr. Studium der Germanistik, Philosophie und Sozialwissenschaften. Journalistische und Filmarbeit (u.a. eigene Produktion über Cuba, WDR 1970). Veröffentlichungen u.a. in »die horen« und im Wiener Frauenverlag. Seit 1989 Mitglied der Dortmunder Gruppe »Frauen schreiben«.

Daniela Witt
Buchhändlerin, Journalistin, Bühnenautorin.

Inhalt

Brigitte Heidebrecht:
Folge mir, sprach mein Schatten

ISBN 3-923261-07-1, 114 S., illustriert, 12,80 DM
Feministische Märchen für Erwachsene, mit und ohne Happy-End, in jedem Fall aber mit ungewohnten (Er-)Lösungen und ProtagonistInnen: so spielen beispielsweise schwule Gartenzwerge genauso tragende Rollen wie lesbische Elfen. - Illustriert von Sylvia Dierks.

verlag kleine schritte

Bücher von Brigitte Heidebrecht
beim

verlag kleine schritte

Brigitte Heidebrecht als Autorin:

Eine Frage der Balance
Texte aus 10 Jahren: Gedichte, Märchen, Kurzprosa, 224 S., gebunden, Stofflesebändchen, DM 14,80, ISBN 3-923261-25-X
Dieses schön gestaltete Buch präsentiert einen Querschnitt durch Brigitte Heidebrechts Texte der letzten 10 Jahre, inclusive einiger neuer, bislang unveröffentlichter Arbeiten.

Lebenszeichen
Gedichte, 90 S., DM 9,00, ISBN 3-923261-00-4
Gedichte vom Wachsen: über Alltägliches, Erotisches, Schwieriges und Schönes.

Das Weite suchen
Gedichte, 117 S., DM 9,00, ISBN 3-923261-04-7
Lachend-weinende Wegbeschreibungen von der Suche nach sich selbst und anderen.

Komm doch
Erzählung, 118 S., DM 9,00, ISBN 3-923261-03-9
Eine Frau erfährt in einer unverhofften Begegnung mit einem Mann, der »eigentlich gar nicht zu ihr paßt«, eine ungenierte Leidenschaftlichkeit, die ihr neue Tore zu sich selber öffnet.

Folge mir, sprach mein Schatten
Märchen und Geschichten, 114 S., illustr., DM 12,80,
ISBN 3-923261-07-1
Märchen für Erwachsene, vergnüglich und hintergründig, heimelig bis skurril.

Kommen und gehen
Gedichte, 126 S., DM 14,80, ISBN 3-923261-13-6
Berichte von Wunden und Wundern — über Liebe von Frau zu Frau, über Stolpern und Wiederaufstehen.

Brigitte Heidebrecht als Herausgeberin:

Wer nicht begehrt, lebt verkehrt
Ein Lesebuch über Lust und Liebe, 210 S.,
DM 14,80, ISBN 3-923261-01-2
Gedichte und Geschichten vom Sehnen, Begehren, Genießen und Loslassen.

Laufen lernen
Texte vom Aufbruch, 103 S., DM 9,00,
ISBN 3-923261-02-0
Eine Anthologie mit Gedichten vom Lebenwollen, vom In-Bewegung-geraten, vom Aufwachen im Hier und Jetzt.

Dornröschen nimmt die Heckenschere
Märchenhaftes von 30 Autorinnen, 172 S., DM 14,80,
ISBN 3-923261-06-3
Eine wilde Mischung zum Thema Frau im Märchen: teils bissig-ironische Abrechnungen mit Grimm & Co., teils pfiffig-poetische Neuentwürfe aus weiblicher Sicht — Gedichte, Comics und Geschichten; zahlreiche Illustrationen.

End-lich leben
Vom Umgehen mit dem Tod, 157 S., DM 18,80,
ISBN 3-923261-19-5
Eine Sammlung von Erzählungen zum Thema Tod: Wie begegnen Menschen der Konfrontation mit der eigenen Endlichkeit?

Wir brauchen Träume, die uns wachhalten
Postkarten-Set, DM 8,80, ISBN 3-923261-17-9
13 farbige Postkarten: Fotografien und Gedichte zum An-die-Wand-pinnen, zum Verschicken und Verschenken.

Laß dir graue Haare wachsen
Bilder aus der Lebensmitte, 144 S., DM 19,80,
ISBN 3-923261-27-6
Mitte des Lebens — wir sind nicht mehr ganz jung. Was tut sich da mit uns, was hat sich verändert? Vor ein paar Jahren sah die Welt doch irgendwie noch anders aus! Eine (selbst-)ironische, vergnügliche bis ernste Lektüre für Leute zwischen 30 und 50.

Alle Titel sind erschienen bei

verlag kleine schritte

Postfach 3903, D - 5500 Trier
— Propekt anfordern! —

Gisela Schalk/Bettina Rolfes

Schreiben befreit

Ideen und Tips für das
Schreiben in Gruppen und
im stillen Kämmerlein
176 Seiten

19,80 DM
ISBN 3–923261–09–8

Träume und Ideale

Träume sind Spiegel der eigenen Gegenwart — zu lernen mit ihnen umzugehen ist elementar. Ideale brauchen wir, um uns danach ausrichten zu können. Hier lernen wir, sie zu verwirklichen.

Mit vielen Anleitungen und Beispielen gibt das Buch uns die Möglichkeit, bedeutsame Elemente unseres Lebens besser begreifen und einordnen zu können. Dies ist eine wichtige Voraussetzung zur Erhöhung unserer Lebensqualität.

Bruno-Paul de Roeck

Träume und Ideale

Geheimnisse in verschlüsselter Sprache

Gestalttherapie für jedefrau und jedenmann

14,80 DM
ISBN 3-923261-29-2

verlag kleine schritte

Claudia Benz
Tarot —
78 meditative Texte
zum Rider-Tarot
90 S., 14,80 DM
ISBN 3-923261-26-8

Das Rider-Tarot von Arthur Edward Waite (gezeichnet von Pamela Colman Smith) ist das bekannteste und wohl meist benutzte Tarot-Deck. Claudia Benz hat dazu meditative Texte geschrieben, die Anstöße zur Interpretation der einzelnen Karte bzw. zur Reflexion über die Karte und das Verhältnis zur eigenen Persönlichkeit bieten. Dank ihrer Poesie sind die Texte gleichzeitig Schlüssel und Geheimnis; sie dienen der tieferen Auseinandersetzung mit allen der 78 Karten, und bieten so zahlreiche Ansätze sowohl für Einsteiger als »erste Hilfe«, als auch für Fortgeschrittene auf dem Weg zu neuen Erkenntnissen.

Bürger/Fiebig: **Tarot —**
Spiegel Deiner Möglichkeiten
Ausgabe zum Rider-Tarot
ISBN 3-923261-05-5
Ausgabe zum Crowley-Tarot
ISBN 3-923261-35-7

Karin Nilsen
Tarot — Orakel der Götter
90 S., 14,80 DM
ISBN 3-923261-30-6
(erscheint 1991)

Was zuerst sehr mystisch klingt, ist in Wahrheit ein Fingerzeig auf uralte Traditionen, auf die Zeit vor unseren rivalisierenden, monotheistischen Religionen. Bei den alten Göttern finden sich die Geheimnisse des Universums, das Dein Spiegel ist. Du findest *Dich*, bist ein Mosaik der verschiedensten Gedanken und Gefühle, aller erdenklichen Eigenschaften und Möglichkeiten. Die eigenen, noch unbekannten Seiten gilt es — ganz im emanzipatorischen Sinn — für jeden Menschen zu entdecken. Dazu gibt dieses Buch viele Hilfestellungen mit Texten zu allen 78 Tarot-Karten.

Standardwerk für Tarot-Einsteiger:
Kompakt, schlüssig, fundiertes Hintergrundwissen, liebvolle Deutungen, leicht zugänglich. Eines der erfolgreichsten Tarotbücher in dt. Sprache.
Je Band 16,80 DM.

Johannes Fiebig:
Tarot —
Andere Wege im Alltag
128 S., 16,80 DM,
ISBN 3-923261-10-1

Der zweite Tarot-Band von Johannes Fiebig:»Fiebig, erfahrener Tarot-Anhänger, schlägt ein neues Kapitel im Tarot-Kartenlegen auf. Während die üblichen Handbücher mehr dem traditionellen Muster verhaftet sind, baut er auf selbständige Orientierung: Man legt sich selbst die Karten, gibt sich eigene Spielregeln und geht auf Spurensuche. Somit werden die Karten zum Spiegel der eigenen Geistesverfassung auf der Symbolebene.« (EKZ-Informationsdienst)

verlag kleine schritte
Postfach 3903, 5500 Trier